La Saga des Wingleton

Tome 1 : James

Lola Blood

LA SAGA DES WINGLETON

Tome 1 :

JAMES

Lola Blood

ROMANCE

www.soromance.com

Chapitre 1

Dans la nuit, elle avance, entre par une porte de service et traverse un couloir. Des femmes nues ou peu vêtues se promènent devant elle. Une chaise l'attend. Elle enfile une perruque, une guêpière, se maquille et se dirige vers une scène. La pièce est plongée dans le noir. Lorsque la musique commence, elle se déhanche et, sous les sifflements des hommes, fait son *show*. Au bout de trois heures, elle sort. Elle va dans sa loge, se rhabille et ressort par la même porte d'entrée. Elle marche pendant dix minutes, jusqu'à son petit studio. Elle lance ses affaires sur son lit et va se regarder dans le miroir. Oui, c'est bien elle, Nina, jeune femme de 20 ans qui espérait tant de la vie et qui finit comme gogo danseuse pour pouvoir payer son studio et suivre quelques cours à la fac. Sa mère l'a abandonnée, alors qu'elle n'avait que 2 ans, et son père l'a mise dehors à 17 ans. Depuis, elle danse et a réussi à se faire engager dans ce club. Elle suit des cours à la fac en espérant devenir professeur. Son plus grand rêve est de traverser de nombreux pays et de venir en aide aux plus défavorisés. Elle fait même partie d'une association pour aider des SDF dans son quartier. Mais là, devant son miroir, la seule chose qu'elle fait, c'est prier. Elle souhaite que demain à la fac personne ne la remarque, que personne ne s'aperçoive que la « sulfureuse » Lyz du club le plus branché de la ville est en fait elle, Nina. Elle se déshabille et se glisse dans son lit. Son sommeil est troublé par d'innombrables cauchemars. Cela fait longtemps qu'elle n'a pas passé une bonne nuit.

Le lendemain, elle court jusqu'à la fac. Elle est en retard comme d'habitude. La fac est très loin de chez elle. Elle voit sa meilleure amie, Vicky, de l'autre côté qui lui fait de grands signes. Nina traverse sans regarder et entend des crissements de pneu et une voiture qui s'arrête à cinq centimètres d'elle. Nina n'a pas le temps de s'excuser, qu'elle doit faire face au conducteur en colère. Un homme d'une trentaine d'années sort de la voiture et s'approche d'elle.

— Vous ne pouvez pas faire attention ! Mais on apprend ça depuis l'enfance, à regarder la route avant de traverser. Vos parents ne vous ont rien appris ?

Nina jette un regard froid et noir à l'homme, elle reprend de l'assurance et s'approche de lui.

— Non, ils ne m'ont rien appris ! Ma mère m'a abandonnée étant petite et mon père m'a foutue à la porte ! Mais bon, à ce que je vois, vous n'êtes pas parfait non plus. Vos parents ont dû oublier de vous dire de ne pas vous acharner sur les gens comme vous le faites ! Oui, j'ai traversé la route sans regarder et je m'en excuse, mais ce n'est pas la peine de m'aboyer dessus comme vous le faites !

Nina ne rajoute rien et ne laisse même pas le temps à son interlocuteur de répondre. Elle rejoint son amie et entre dans la fac. L'homme, quant à lui, remonte dans sa voiture et va se garer. Il passe sa main dans ses cheveux et sur sa figure. Il rajuste sa cravate, attrape son attaché-case et descend de sa voiture. Il suit les indications de certains étudiants et atterrit dans la salle des professeurs. Tout le monde le regarde. Certains sont accoudés à la fenêtre en train de fumer, d'autres sont devant la machine à café ou d'autres encore corrigent des copies.

— Bonjour, je m'appelle James Wingleton, je suis le remplaçant de Jim ! Le directeur m'a dit que certains d'entre vous m'aideraient pour pouvoir prendre mon poste.

D'un coup, l'atmosphère se fait moins oppressante et tout le monde lui serre la main, lui indique son casier, lui montre son emploi du temps, les cours qui lui sont attribués et même un plan de l'université. Ce dernier remercie chaleureusement ses nouveaux collègues, lorsque la sonnerie se fait entendre. Il regarde son emploi du temps et voit qu'il doit aller au bâtiment C, amphi numéro 15. Il soupire, regarde le plan et commence à y aller. Arrivé devant la porte, il entre et descend à son bureau. Il pose ses affaires et entend le brouha de la salle se dissiper. Il attrape un feutre et marque son nom au tableau, puis se tourne vers les étudiants.

— Comme vous pouvez le remarquer, monsieur Niel n'est pas là jusqu'à la fin de l'année. Je le remplace. Mon nom est James Wingleton. Je suis ici pour reprendre ses cours sur la littérature française ! J'espère que nous ferons du bon travail ensemble !

— Ho, mais nous aussi, Monsieur !

James lève la tête et a la surprise de voir la jeune fille qu'il avait failli renverser un peu plus tôt, Nina. Cette dernière ne le quitte pas des yeux, jusqu'à ce que Vicky lui donne un coup de coup et chuchote :

— Ne commence pas…

Nina soupire et se replonge dans ses bouquins. Elle regarde autour d'elle et voit toutes les filles de son cours qui commencent à baver sur le professeur. Nina le regarde à son tour et l'examine. Bel homme, à vue d'œil 1m90, yeux verts. Malgré son costume trois-pièces, elle distingue qu'il doit être assez musclé. Elle regarde également ses mains, c'est ce qu'elle préfère chez un homme, elle distingue des mains fortes, musclées. D'un coup, elle arrête son analyse, car son regard croise celui de James. Ce dernier a un regard froid. Nina détourne le regard pour parler à Vicky. Le cours se passe sans incident et, ensuite, Nina sort en courant. Elle dit au revoir à son amie et commence à courir pour attraper le bus qui vient de se garer devant le campus. Elle doit se dépêcher, elle doit aller à son deuxième travail. En plus d'être gogo danseuse, elle travaille dans une blanchisserie avec des horaires impossibles à respecter. Sa patronne lui fait la remarque à chaque fois.

— Nina ! Tu es encore en retard… Je ne vais plus pouvoir tolérer ça. Il y a d'autres filles qui veulent travailler, et des jeunes filles sérieuses !

— Mais, madame, je suis sérieuse, mais ce sont mes cours qui se finissent tard, j'ai couru…

— C'est mon dernier avertissement. Au prochain, je serais obligée de te virer.

— Ne faites pas ça… je vous en supplie.

— À toi de faire ce qu'il faut !

Nina soupire et se met au travail. Pour être à l'heure, il faudrait qu'elle quitte plus tôt les cours. Elle est vraiment fatiguée, mais elle sait que, sans ça, elle ne peut payer ni son studio ni ses études.

La journée passe et après avoir survécu à ses premiers cours, James rentre chez lui. Il n'habite pas sur le campus. Il a un appartement en ville, un magnifique pied-à-terre de 75 mètres carrés. Son appartement est dans une résidence sécurisée. Il entre et se jette sur son canapé, ferme les yeux et se remémore sa journée. Il a failli renverser une jeune fille et se retrouve nez à nez avec elle dans son cours. Elle répond au nom de Nina. Sous ses airs angéliques, elle doit avoir un sacré caractère. James rigole, se lève et va se servir un verre de whisky. Il se poste devant sa baie vitrée. Elle lui fait penser à une femme qu'il a connue il y a de cela cinq ans. Il l'avait même épousée. Malheureusemen, t il s'est avéré que c'était une femme cupide et qu'elle ne l'aimait pas vraiment. Dès qu'il avait ouvert les yeux sur elle, il s'était empressé de divorcer. Depuis, il n'avait eu que de brèves aventures sans lendemain. Il voulait se concentrer sur son travail. Il n'a pas la tête à cuisiner et décide de se faire livrer, pour finir sa soirée devant les cours du lendemain.

Le lendemain, Nina est de nouveau en retard à ses cours. En début d'après-midi, elle se rend compte que, si elle veut être à l'heure à la blanchisserie, elle va devoir partir avant la fin de son cours de littérature française. Elle s'assoit dans l'amphi et écoute le cours tout en regardant sa montre. Quinze minutes avant la fin, elle regarde Vicky et lui demande de lui prendre les notes pour la fin du cours. Elle rassemble ses affaires, se lève doucement et se dirige vers la porte de l'amphi.

— Vous allez quelque part ?

— Je… je me sens mal, je vais à l'infirmerie.

Nina se précipite hors de l'amphi, honteuse d'avoir menti, même si c'était nécessaire pour pouvoir garder son emploi. Elle fonce au bus et se dépêche d'arriver à l'heure à son travail. Sa patronne la voit et, à son sourire, lui fait comprendre que c'est bien. Pendant ce temps, à l'université, le temps passe. À la fin de la journée, James va dans la salle des professeurs et commence à parler avec certains. Il fait la connaissance de Xavier, un ami de Jim. Ce dernier lui parle un peu de lui, mais dans la conversation, il dit quelque chose qui intrigue James.

— Vous avez vu, il y a encore la petite Fallen qui est partie avant l'heure… Elle ne va jamais y arriver si elle sèche !

James fronce les sourcils en entendant ce nom, car il le reconnaît : c'est celui de Nina. Il interroge Xavier.

— Fallen ? Nina Fallen ? Elle était avec moi en cours cette après-midi…

— Oui, elle a dû te faire le coup de l'infirmerie, non ? Elle l'a fait à tout le monde ! Elle n'ira pas bien loin, cette fille. En plus, dès qu'on lui fait une remarque, elle nous envoie bouler. Méfie-toi !

— Elle ne doit pas avoir une vie facile…

— Pff, pour pouvoir suivre les cours ici, c'est leurs parents qui payent tout et eux ne font pas d'effort pour étudier donc, la belle vie, ils doivent l'avoir !

James en a marre d'entendre des personnes qui se permettent de juger alors qu'ils ne savent rien. Lui se souvient de ce que lui a dit Nina par rapport à ses parents. Il sort de la salle et part en direction du parking. Il monte dans sa voiture et s'en va en direction de son appartement.

C'est la débauche pour Nina. Cette dernière court, sous la pluie, pour aller à l'arrêt de bus. Elle s'aperçoit que le dernier s'éloigne. Malgré ses grands signes, il ne s'arrête pas. Elle jure et commence même à pleurer. C'était le dernier. Elle se trouve au milieu de la route, lorsqu'un son de klaxon la sort de ses pensées. Elle a tout juste le temps de mettre ses mains devant elle que la voiture freine et se retrouve à côté d'elle. Le conducteur descend.

— Mais vous ne vous sentez pas bien ? On ne reste pas comme ça au milieu de la route ! Vous voulez vous… Nina ? Heu… mademoiselle Fallen ?

Nina lève la tête. Ses yeux sont rouges et ses joues remplies de larmes. Elle est là, tremblante sous la pluie. James s'approche d'elle, place son manteau sur elle et la conduit dans sa voiture. Elle n'ose pas bouger ni parler.

— Vous devez aller où ?

Nina ne répond pas, elle semble complètement ailleurs. Elle est également exténuée. Il faut tout de même qu'elle rentre chez elle pour assurer son deuxième métier. Elle regarde James et lui rend son manteau.

— Je vais rentrer à pied… merci à vous et encore désolée.

— Non, je vais vous ramener, vous n'allez pas marcher sous la pluie !

— J'habite trop loin… laissez.

— Non, dites-moi !

Nina le regarde dans les yeux et commence à descendre de la voiture. La main de James est plus rapide et bloque la sienne sur la poignée.

— Moi aussi, je peux être têtu, mademoiselle !

— Bon d'accord, je n'ai pas la force de lutter…

Nina lui indique le chemin et James se met en route. Pendant le voyage, il n'y a aucun échange, elle reste muette. Arrivé dans son quartier, il la dépose devant son studio. Elle le remercie et commence à descendre, mais James la retient.

— Je peux vous poser une question ?

— Oui, vu ce que vous venez de faire pour moi, vous pouvez.

— Pourquoi m'avoir menti tout à l'heure ? Pourquoi m'avoir dit que vous n'étiez pas bien, alors que…

— Alors que quoi ? Oui, je vous ai menti, car je ne voulais pas vous avouer devant toute la salle que, si je ne partais pas plus tôt de votre cours, je risquais de me faire renvoyer de mon boulot et, de ce fait, je risquais de ne plus pouvoir venir à vos cours et de me retrouver SDF !! Alors, oui, désolée, mais je ne me voyais pas dire ça devant toute la salle ! Sur ce, je vous remercie et bonne soirée.

Nina claque la porte et commence à s'avancer vers celle de son studio, lorsqu'une main s'abat sur son poignet et la retourne avec vigueur.

— Ne vous en prenez pas à moi, je vous ai juste posé une question et, en plus, avec gentillesse !! Ça fait deux fois que je manque de vous écraser, vous me mentez pour quitter mon cours, je vous ramène chez vous et je me fais crier dessus. Je ne pense pas l'avoir mérité, mademoiselle !

— Lâchez-moi, s'il vous plaît, vous me faites mal !

James s'excuse et lâche Nina. Il soupire et repart à sa voiture. Nina se retourne une dernière fois vers lui.

— Je me suis excusée. Je suis désolée si cela a pu vous causer du tort, mais c'est comme ça et je n'ai pas besoin de quelqu'un dans mes pieds pour me dire ce qui est bien ou mal. Je n'ai eu personne jusqu'à maintenant et… je me débrouille ! En tout cas, merci de m'avoir ramenée.

Nina rentre dans son studio en laissant James hébété sur le bord de la route. Ce dernier monte dans sa voiture au bout de cinq minutes et s'en va. La soirée a été mouvementée pour l'un et pour l'autre.

Chapitre 2

La nuit a été longue pour Nina. De retour de son travail de nuit, elle n'a pas pu s'endormir, les yeux de son professeur étaient présents dans ses rêves. Elle se souvient de la chaleur de sa main, lorsqu'il l'a posé sur la sienne pour l'empêcher de descendre de la voiture. Elle se lève et se parle à elle-même.

— Bon sang ! Pourquoi je réagis comme ça ? Il est arrogant, se mêle de mes affaires et, en plus, il est moche ! Enfin... haaa je dois me l'enlever de la tête !

Nina finit de préparer son sac et fonce en direction de l'université, où Vicky l'attend.

— Tu as réussi à être à l'heure aujourd'hui ? Ça va ?

— Oui, je suis juste un peu fatigué et... je dois te raconter quelque chose.

Nina raconte à sa meilleure amie ce qui s'est passé hier soir avec James. Vicky n'en revient pas qu'il l'ait raccompagnée jusque chez elle. Elle lui demande s'il est au courant pour son deuxième métier.

— Tu es folle ! Non, sûrement pas et, à part toi, personne ne doit l'être.

Nina et Vicky partent en cours. La pause de midi arrive et elles se retrouvent toutes les deux dans le campus pour déjeuner. Elles vont au *self*, Vicky passe la première, elle paye et attend Nina. Au moment de payer, la carte de Nina ne passe pas. La femme face à elle n'a aucune compassion.

— Ça ne passe pas ! Vous avez un autre moyen de paiement ?

— Non…

— Dans ce cas, vous me donnez le plateau et...

La femme n'a pas le temps de prendre le plateau de Nina qu'une main apparaît dans son champ de vision.

— Ne me dites pas que vous allez laisser cette jeune fille se passer de son repas ?

— Écoutez-moi, cher monsieur, les règles sont les règles et, si elle ne peut pas payer, elle ne mange pas !

Nina regarde l'homme et voit James devant elle. En le regardant dans les yeux, elle répond.

— Laissez tomber, je mangerai mieux ce soir.

— Hors de question ! Je vais régler le plateau de mademoiselle Fallen et le mien !

James regarde la femme dans les yeux. Cette dernière marmonne quelque chose d'incompréhensible et lui prend sa carte sans ménagement. Elle jette un regard de dédain à Nina. Cette dernière remercie James et rejoint Vicky. Elles commencent à manger. Nina remarque que son professeur n'est pas très loin, il est assis presque en face d'elle. Il mange en lisant le journal. Elle en profite pour le regarder plus attentivement, sous toutes les coutures, jusqu'à ce qu'elle croise son regard. Ce dernier lui adresse même un petit sourire. Nina devient toute rouge et recrache même l'eau qu'elle est en train de boire. Elle regarde Vicky.

— Bon, on y va ?

— Oui, en plus, on doit se dépêcher, on a anglais. Tu sais qu'elle a horreur qu'on arrive en retard.

Nina et Vicky sortent de la cafeteria et foncent en cours d'anglais. Le cours commence, mais Nina ne voit que les yeux verts de James devant elle. La cloche sonne, mais Nina est toujours dans ses pensées. Vicky la secoue.

— Nina ? Il faut que tu ailles travailler...

Nina se lève en s'excusant et fonce à son travail. Elle va sur le parking et fonce au bus. Le reste de la journée se passe sans incident. Le soir, Nina va au club comme à son habitude et commence ses shows. Au même moment, du bruit se fait entendre à l'entrée du club et un groupe de trois hommes entre. Ils s'installent près de la scène et commande à boire. Nina continue son numéro et fait son final en mettant son pied, habillé d'un talon aiguille, à proximité d'un homme. Lorsqu'elle lève la tête, elle croise le regard de l'homme et ses yeux verts la transpercent. Nina écarquille les yeux et quitte la scène presque en courant. Elle a bien reconnu James, son professeur, et elle a bien l'impression que lui aussi l'a reconnue. Elle abandonne sa version de Liz et redevient Nina. Elle sort par la porte de derrière et voit les deux amis de James en train de fumer pas loin. Elle remarque également que ce sont deux professeurs de l'université. Si elle passe par là, ils vont la reconnaître. Elle décide de passer de l'autre côté, lorsqu'une voiture s'arrête à son niveau et que la vitre descend.

— Montez !

Nina se penche et voit James. Elle hésite, mais finit par monter. Il la reconduit jusqu'à son appartement. Au moment de descendre, elle se tourne vers lui.

— Pourquoi ne m'avez-vous rien dit pendant le trajet ? Je sais très bien que vous m'avez reconnue.

— Vous voulez que je vous dise quoi, mademoiselle Fallen ?

— Laissez tomber ! Bonne soirée à vous et merci.

Nina descend, ouvre sa porte et, au moment de fermer, elle voit un pied qui empêche la fermeture. Elle lève la tête et se trouve nez à nez avec James.

— Expliquez-moi ! Comment une jeune femme de 20 ans a pu en arriver là ?

Nina est gênée et sort de son studio. Elle ferme la porte derrière elle, puis son regard se porte sur James.

— Cela vous intéresse vraiment ?

— Oui, je ne peux pas concevoir qu'une jeune fille aussi brillante que vous soit obligée de faire la gogo danseuse.

— D'accord, dans ce cas, on va aller au café en bas... Je suis désolée, mais chez moi, c'est le bazar et je n'ai rien dans le frigo ni dans la cafetière...

— Cela me convient très bien !

Nina suit James et lui montre le café où elle veut l'emmener. Ils entrent et s'installent à une table. La serveuse s'approche d'eux et reconnaît Nina. Elle lui demande si elle prend la même chose que d'habitude.

— Oui, s'il te plaît.

La serveuse se tourne vers James. Ce dernier lui commande un café, puis se tourne de nouveau vers Nina. Cette dernière ne peut s'empêcher de le questionner.

— Pourquoi un professeur d'université s'intéresse à ce que font ses étudiantes en dehors de la fac ?

— Ha, mais les étudiantes ne m'intéressent pas, c'est seulement vous !

Nina devient toute rouge, mais soutient son regard.

— Maintenant que vous m'avez démasquée, que voulez-vous savoir ?

— Tout ! Comment en êtes-vous arrivée là ? Vous m'avez indiqué que votre mère vous avait abandonnée et votre père vous avait mise à la porte.

— C'est exact. Lorsque j'ai eu 2 ans, ma mère est partie avec un autre homme sans un regard en arrière. Elle n'a jamais demandé de mes nouvelles et mon père ne s'en est jamais remis. Il a sombré dans l'alcoolisme, puis dans la drogue et, un jour, il m'a dit de dégager. Je lui rappelais trop ma mère physiquement. Il m'a dit que je n'avais qu'à faire le trottoir pour m'en sortir. C'est ce que j'ai voulu faire, mais une jeune femme m'a recueillie, dans la rue, et m'a proposé les différents emplois que je fais. En parallèle, j'ai suivi mes cours, j'ai réussi à ne pas décrocher.

— Vous voulez faire quoi plus tard ?

— Mon métier ?

Au même moment, la serveuse revient et les sert. Nina voit bien le petit manège qu'elle exécute auprès de James. Elle se penche en avant pour lui donner son café et ainsi dévoiler un immense décolleté. James sourit et replonge son regard dans celui de Nina.

— Oui, ce que vous voulez faire plus tard.

— Ne me jugez pas, mais... mon rêve, c'est de voyager dans le monde entier et de faire découvrir notre merveilleuse langue à tous les enfants qui n'ont pas la possibilité d'aller à l'école. Je sais que ce n'est pas un métier à proprement dit, mais c'est ce que j'ai envie de faire.

— En tout cas, c'est une grande cause, je trouve, et honnêtement, vous en avez les moyens. Après, en ce qui concerne votre passé, il n'a pas été très joli et j'espère que votre avenir sera mieux que maintenant.

— Et vous ?

James est très surpris de l'interrogation de Nina, mais il lui sourit et lui demande ce qu'elle veut savoir.

— Pourquoi est-ce qu'un prof d'université s'intéresse à ce que je fais ?

James continue à lui sourire. Il avale son café d'une traite, se lève, laisse l'argent sur la table et regarde Nina. Il se penche vers son oreille.

— Je dois vous avouer que je ne sais pas, mais je ne conçois pas qu'une jeune femme avec votre talent soit obligée de travailler comme ça ! Ha, oui… et je dois avouer, également, que vos yeux sont magnifiques ! Bonne soirée et bonne nuit, mademoiselle Fallen.

James sort du café et Nina reste bouche bée. Elle n'arrive même plus à bouger. James repart à sa voiture et, une fois derrière le volant, se passe la main dans ses cheveux.

— Pourquoi je lui ai dit ça ? Elle est belle, intelligente, mais en même temps, je ne peux pas réagir comme n'importe qui avec elle. Je suis son professeur, je ne dois pas laisser mes émotions prendre le dessus. Avec elle, j'ai l'impression de revivre. J'ai envie de l'aider, de la protéger et d'être près d'elle, mais c'est interdit. Non, je dois agir en professionnel, mais…

Au même moment, James arrête de penser et voit Nina sortir du café. Cette dernière se dépêche de rejoindre son appartement, car la pluie commence à tomber. Elle ne peut s'empêcher de remarquer que la voiture de James se trouve toujours dans la ruelle. Son regard croise celui de l'homme et elle reste là, sans rien dire, pendant une bonne minute. Elle secoue la tête et entre chez elle. Une fois la porte fermée, elle entend le moteur de la voiture démarrer.

Chapitre 3

Le lendemain, Nina se réveille en sursaut. Quelqu'un tambourine à sa porte. Elle se lève et va ouvrir. Elle trouve son amie Vicky en pleurs devant sa porte.

— Mais... que se passe-t-il ? Pourquoi tu pleures ? Que t'arrive-t-il ?

Nina laisse la place à son amie pour qu'elle rentre dans l'appartement. Elle l'installe et lui propose un chocolat chaud. Elle se répète en lui demandant une nouvelle fois ce qui ne va pas.

— C'est Pierrick... Il me trompe depuis un mois...

— Impossible ! Il t'aime plus que tout et...

Vicky se lève, furieuse, et renverse sa tasse.

— Non ! Je l'ai surpris dans son appartement avec une autre fille. Je suis dégoûtée, il m'a simplement indiqué que, sexuellement, je ne lui convenais plus, qu'il avait d'autres fantasmes et qu'il devait les assouvir et...

Vicky s'effondre à terre, Nina se précipite et la prend dans ses bras. Elle la console et l'oblige à s'asseoir sur son canapé.

— C'est un salopard ! Jamais je n'aurais pensé ça de lui, je suis vraiment déçue... Ma pauvre chérie... Je suis sûr que quelqu'un de bien t'attend quelque part. Ne perds pas espoir et...

— Non, pour l'instant, les hommes, c'est fini pour moi !

Vicky se lève, va dans la salle de bains de Nina, se passe le visage sous l'eau et revient avec un faux sourire.

— Nous sommes samedi. Un peu de shopping, ce serait bien, non ?

— Oui, pourquoi pas ? Ça te changerait un peu les idées et j'ai deux ou trois trucs à acheter. Je prends ma douche avant !

— Dis-moi, tu en es où avec le beau professeur ?

— Disons que... je ne sais pas, il est arrivé un truc hier soir.

Nina raconte sa soirée avec James la veille et elle dit également ce qu'elle ressent au fond d'elle. Elle le trouve beau, intelligent, mais elle sait qu'entre eux il ne peut rien se passer, c'est son professeur et puis, de doute façon, elle ne ressent rien pour lui. Vicky rigole et sourit à Nina.

— Pourtant, je vois bien une petite idylle entre vous, vous allez bien ensemble ! Ce serait super !

— Tu es folle ! Moi, je ne trouve pas !

— Ne sois pas sur la défensive, je dis juste ça comme ça, moi.

Les deux filles partent pour leur petite virée shopping. Elles passent la journée à faire les boutiques. Vers dix-sept heures, Nina et Vicky s'arrêtent dans un petit café du centre-ville pour se détendre et discuter. D'un coup, Vicky donne un coup de coude à Nina.

— Regarde qui est derrière toi !

Nina se tourne et croise le regard de James. Ce dernier est en train de corriger des copies tout en buvant un café. Il pose sa tasse et soutient le regard de Nina. Cette dernière prend une grande inspiration et se retourne face à Vicky.

— Il continue de te fixer. Il sourit même ! Je suis sûre que...

— Tais-toi ! Je sais ce que tu vas dire, je ne veux même pas que tu y penses.

— D'accord, mais il te regarde toujours.

Nina se lève et, d'un pas décidé, va vers la table de James.

— Il y a quelque chose qui vous gêne, professeur Wingleton ?

— Bonjour, mademoiselle Fallen. Non, rien ne me gêne et vous ?

— Vous nous fixez depuis tout à l'heure, alors oui, c'est gênant.

James rassemble ses affaires, finit sa tasse, paye et se penche à l'oreille de Nina.

— Je ne vous fixe pas toutes les deux. Seulement vous, mademoiselle Fallen. Bonne fin de journée.

James s'en va en laissant une Nina complètement décomposée. Elle a l'impression de revivre la même situation qu'hier soir. Elle se retrouve déconcertée. Vicky se lève et la rejoint.

— Tout va bien ? Tu es toute rouge !

— Oui, ne t'inquiète pas.

Dehors, James a rejoint sa voiture et se regarde dans le rétroviseur.

— Je ne peux pas m'empêcher de la regarder. Il faut que j'arrive à me changer les idées, à penser à autre chose, mais dès que je la vois, c'est plus fort que moi, j'ai envie de la taquiner, d'être proche d'elle, mais pas comme un père ou un grand frère...

James démarre et roule vers son appartement. Nina et Vicky se quittent au café et elles rentrent, chacune de leur côté. Nina se jette sur son canapé en repensant à tout ce que lui a dit James. Elle ferme les yeux et le voit. Il est devant elle, nu, sous la douche, elle se déshabille et le rejoint. Il la caresse, l'embrasse et ils font l'amour avec beaucoup de passion. Nina se réveille en sursaut et va prendre une douche.

— Ce n'est pas possible ! Je commence à faire des rêves très osés sur mon professeur, il faut que ça s'arrête vraiment !

Nina rassemble ses affaires et se met en route. Elle ne prend pas le chemin du club, mais monte dans un bus. Elle se rapproche de plus en plus du centre-ville et descend devant un bâtiment délabré. Elle avance dans le noir et entend son prénom.

— Nina ? Nous sommes ici ! Le camion est prêt à partir ! Dépêche-toi.

Nina court et monte dans un camion. Il y a deux autres femmes, Karin et Zoé. Cette dernière regarde Nina dans les yeux.

— Ça va ? On a l'impression que tu es complètement perdue.

— C'est le cas...

— Problème pro ? Privé ?

— Privé, je suis un peu perdue. Tu vois, il y a un homme et...

— Houla ! Les hommes, tu sais, il faut s'en méfier ! Regarde ce qui est arrivé à Karin, il l'a planté devant l'autel pour partir avec une autre ! Alors méfiance, surtout à ton âge !

Nina écoute pendant vingt minutes les critiques de Zoé sur les hommes, elle ne peut imaginer que James soit comme ça. Il est tellement charmant, tellement intelligent, beau, sensuel. Elle secoue la tête comme pour chasser toutes les pensées qu'elle vient d'avoir. Le camion s'arrête et Nina descend avec les deux autres femmes. Elles ouvrent les portes arrière et commencent à sortir des sacs et des caisses. Karin regarde Nina.

— Nina, tu commences par le nord et tu reviens après, d'accord ? Tu prends la bombe au poivre et l'alarme. Si tu as quoi que ce soit, n'hésite pas !

Nina confirme de la tête. Elle prend trois sacs et trois caisses, puis marche en direction des sans-abri. Elle arrive près d'eux et leur propose des couvertures, des pulls, à boire et à manger. Nina est bénévole dans une association qui vient en aide aux sans-abri. Elle fait sa tournée tranquillement et rejoint le camion. Autour se trouvent les habitués qui, en la voyant arriver, lui disent bonjour. En milieu de nuit, le camion avec les trois femmes rentre au centre d'accueil et Nina monte dans sa chambre de fortune, qui lui est attribuée quand la tournée se finit tard, car elle ne peut plus retraverser la ville, il n'y a plus de bus.

Chapitre 4

Le lundi matin, James se réveille fatigué. Il a passé une bonne partie de la nuit à se triturer la tête à propos de Nina, à savoir quelle attitude adopter envers elle. S'il continue à suivre ses émotions, il a peur que ça lui coûte sa carrière et ses études à elle, mais en même temps, il ne peut pas aller à l'encontre de ce qu'il ressent, il doit être très prudent. Et puis si ça se trouve, elle ne ressent pas la même chose que lui, il se martèle la tête pour rien. Il déjeune, va à la douche et se prépare pour pouvoir aller en cours. De l'autre côté de la ville, Nina est déjà dans le bus pour arriver devant la fac. Elle voit Vicky qui l'attend à l'arrêt.

— Tu vas mieux depuis samedi ? Tu as eu des nouvelles de Pierrick ?

— Je suis allée chez lui, récupérer ce que j'avais apporté. Je ne lui ai pas parlé et lui, de toute façon, était en train de jouer à la console. Il s'en fout, j'en suis sûre. Je suis dégoûtée, mais je vais aller de l'avant.

— J'aime te voir positiver ! Bon, on va en cours ?

— Oui, en plus, on commence par la littérature française.

Vicky sourit à Nina et cette dernière lève les yeux au ciel. Elles se dirigent vers l'amphi et se mettent au milieu. Nina s'aperçoit que James est déjà là. Il lève la tête et bloque sur son regard. Nina a même l'impression qu'il s'attarde sur ses lèvres. Elle tourne la tête vers Vicky et James commence son cours. Pendant deux heures, Nina prend des notes et écoute le cours attentivement. À la fin, elle passe devant le bureau de James.

— Mademoiselle Fallen, je peux vous parler ?

Nina s'arrête et fait demi-tour vers le bureau de James. Ce dernier attend que tout le monde soit parti et tend un dossier à Nina.

— C'est quoi ?

— Ce sont des cours, des aides aux devoirs, des aides également pour votre mémoire.

— Mais, pourquoi vous faites ça ?

— Vous loupez certaines fois mes cours et je ne veux pas que vous soyez pénalisée.

Nina ne peut pas accepter et repose le dossier sur le bureau de James en lui expliquant qu'elle ne voit pas pourquoi elle serait privilégiée, alors que d'autres aussi sont absents.

— C'est pour vous aider, mademoiselle Fallen. Les autres ne font pas tout ce que vous faites à côté et...

— Je vous ai dit non ! Non, c'est non ! Je ne veux pas de votre pitié !

Nina, furieuse, commence à sortir de la salle, mais une main ferme sur son poignet la force à se retourner.

— Je ne fais pas ça par pitié, je fais ça pour vous aider ! J'ai cru comprendre que votre rêve d'aider les autres était important, donc je voulais simplement vous aider !

James se rend compte qu'il a ses doigts qui sont en contact avec la peau de Nina. Cette dernière a également arrêté de marcher et plonge son regard dans le sien. On entend sa respiration s'accélérer et James sent son pouls aller vite.

— Nina... je ne cherche qu'à vous aider.

— Je m'en suis toujours sortie seule !

Nina se détache délicatement et sort de l'amphithéâtre. Elle court aux toilettes et s'y enferme. Elle ne peut s'empêcher de caresser l'endroit où les doigts de James se sont posés. Elle se souvient de son ressenti à ce moment-là. Elle a eu l'impression d'être en sécurité, que rien ne pouvait lui arriver, des papillons ont commencé à naître en bas de son ventre. De son côté, James n'a pas bougé et a toujours sa main qui est suspendue dans le vide. Il l'a senti, son corps à elle a vibré quand il l'a touchée. Il avait l'impression de ne faire qu'un avec elle. Sa peau était si douce et, quand il l'a touchée, son regard était celui d'une biche apeurée qu'on a envie de protéger. Il veut la protéger et, malgré l'interdit, il le fera. James range ses affaires et sort du bâtiment pour continuer sa journée. Il ne recroisera pas Nina.

Cette dernière passe la journée à éviter James. Dès que son dernier cours a sonné, elle fonce pour prendre le bus. Elle se rend chez elle et se prépare pour aller au club. En s'y rendant, elle pense à ses rêves futurs et à James. En entrant dans le club, elle secoue sa tête et pousse la porte de la loge des filles. Elle se transforme en Liz et devient une autre personne. Elle fait ses shows comme presque tous les soirs. C'est devenu un automatisme. Ce soir, la salle est plongée dans le noir. Nina ne voit que des bouts de cigarettes incandescents qui la regardent. Une fois fini, elle va dans la loge, se change et sort. Elle aperçoit un groupe d'hommes alcoolisés qui la regardent et qui la détaillent de haut en bas. Un homme se détache du groupe et regarde les autres.

— Mais c'est Liz ! La strip-teaseuse ! Regardez, avec ses cheveux noirs, c'est elle !

Nina se rend compte qu'avec sa fatigue, elle a oublié d'enlever sa perruque. Elle se retrouve face à trois hommes.

Ils se rapprochent d'elle, mais Gil, le videur du club, se rapproche d'eux, aussi.

— Vous n'avez rien à faire de ce côté de la rue ! L'entrée est privée ! Sortez !

— Tu veux te la garder pour toi ? Tu pourrais partager, non ?

Gil se rapproche de Nina, mais un des hommes du groupe tente de lui mettre une main aux fesses. Il se retrouve immédiatement à terre. Nina se tourne et a la surprise de voir James. Ce dernier regarde Gil.

— Je vais la ramener chez elle. Occupez-vous de ce groupe de gens en appelant la police, pour éviter que ce genre de chose ne se reproduise.

Gil regarde Nina et cette dernière lui fait un signe de la tête, pour approuver les dires de James. Dans un instinct protecteur, James pose sa main au creux des reins de Nina et l'emmène vers sa voiture, sous les injures du groupe d'hommes. Il démarre et traverse la ville. Nina sourcille et le regarde.

— Monsieur, ce n'est pas le chemin pour rentrer chez moi, je ne...

James lève la main et interrompt Nina.

— Je sais, je ne veux pas que tu rentres chez toi. Nina, nous devons parler sérieusement !

Nina est très surprise par ce ton si familier de James. Il emploie le tutoiement, il la conduit chez lui. Elle ne sait pas ce qu'elle doit faire : sauter de la voiture ou le suivre ? Après cinq minutes de silence, elle décide de rester et d'aviser en fonction de la suite. Au bout d'une demi-heure de route, ils arrivent enfin devant la porte de l'immeuble huppé de James. Nina est émerveillée.

— C'est ici que vous habitez ? C'est magnifique ! Je suis sûre que votre salle de bains doit être plus grande que mon appartement !

James sourit et la fait entrer dans l'immeuble. Elle reste près de lui et regarde partout avec des yeux écarquillés. Ils montent dans l'ascenseur et Nina voit qu'ils vont au dernier étage. Lorsque les portes s'ouvrent, James passe devant elle et ouvre la porte, puis s'efface et la laisse entrer. Nina regarde la taille du salon, mais regarde surtout la baie vitrée qui surplombe toute la ville.

— C'est vraiment magnifique !

— Je confirme, magnifique.

Nina se retourne et voit James la détailler. Elle rougit. Il fait les quelques mètres qui les séparent et enlève délicatement la perruque de Nina. Cette dernière secoue ses cheveux et la lui prend des mains.

— Je préfère en blonde. Tu es ravissante.

— Pourquoi m'avez-vous fait venir ici ? Je dois rentrer chez moi, je dois étudier, je dois me coucher tôt, je dois...

Nina arrête de parler, car elle se retrouve avec les lèvres de James sur les siennes. Elle essaie de le repousser, mais ce dernier insiste et la serre contre lui. À ce moment-là, elle se laisse complètement aller et perd pied. Elle se surprend à perdre ses mains dans les cheveux de James, ce dernier la resserre contre lui et commence à descendre ses mains sur ses hanches. Nina met fin au baiser et James s'excuse.

— Je suis désolé, je me suis laissé aller, je n'aurais pas dû !

— Vous regrettez ?

En disant ça, Nina commence à récupérer ses affaires et se dirige vers la porte. James l'arrête aussitôt en l'attrapant, une nouvelle fois, par le poignet.

— Non, je ne regrette absolument pas, Nina. La seule chose, c'est que je suis ton prof et que ce genre de relation peut nous causer beaucoup d'ennuis.

— On ne peut pas parler de relation à proprement dit pour l'instant... On s'est juste embrassés comme ça et...

— Et, si tu restes dans mon appartement, je recommencerai et je suis sûr que tu le sais !

Chapitre 5

Vers trois heures du matin, Nina et James sont dans l'appartement de ce dernier, en train de discuter sur le sofa en buvant une tasse de thé. Nina regarde sa montre et commence à paniquer.

— Je dois rentrer. Demain, je dois bosser...

— Mais j'ai vu que tu n'avais cours que l'après-midi.

— Oui, mais je dois aller à la blanchisserie. Il faut vraiment que je rentre, vous... enfin, tu peux me ramener ?

— Non.

— Mais pourquoi ? S'il te plaît, je ne dois pas me faire renvoyer et...

— Reste dormir ici.

— James...

— Je dormirai sur le canapé et toi dans mon lit. Je te promets qu'il ne se passera rien, mais... j'ai envie que tu restes près de moi.

James n'a pas à se justifier longtemps, Nina accepte. Il lui montre sa chambre et commence à sortir, mais Nina l'interpelle.

— James, merci pour ce que tu fais. Je me suis emportée dans l'amphi, je n'ai pas l'habitude.

James s'approche d'elle et l'embrasse. Le baiser est tendre. Nina se détache une nouvelle fois de James en lui souhaitant une bonne nuit. James ferme la porte et va dans la salle à manger. Il s'approche d'une petite table et se sert un verre de whisky, qu'il boit d'un trait. Il ne peut s'empêcher de regarder la porte de sa chambre. Il défait sa cravate et ouvre sa chemise, puis s'installe dans un fauteuil où il s'endort. Vers cinq heures du matin, il est réveillé en sursaut par des cris. Il fonce dans sa chambre et découvre Nina qui se tord dans tous les sens. Il s'approche doucement d'elle et s'aperçoit qu'elle est en plein cauchemar.

— Nina ? Réveille-toi, je suis là.

Nina a du mal à se réveiller, alors James la secoue avec un peu moins de douceur. Cette dernière se réveille en se débattant et en sanglots.

— Lâchez-moi !!

— Nina, c'est moi, James. Tu es chez moi. Je t'en prie, calme-toi.

Nina éclate en pleurs dans les bras de James. Ce dernier la prend dans ses bras et la serre contre lui, elle se calme et pose sa main sur son torse. Le contact de la main de Nina provoque un électrochoc chez lui, il commence même à se reculer.

— Il faut que tu te rendormes et...

Nina l'attire vers elle et lui offre ses lèvres. Il répond sans attendre à l'appel. Le baiser devient de plus en plus fougueux et Nina caresse de plus en plus le torse, le bas-ventre de James et commence à lui élever sa chemise. James reprend ses esprits et met fin à tout ça. Nina le regarde.

— Tu ne veux plus ? Je ne te fais pas envie ?

— Ne dis pas ça, Nina. Oui, j'ai envie de toi, je te l'ai fait comprendre, mais tout à l'heure, tu n'étais pas prête à aller plus loin, ce que je comprends et respecte. Mais là, tu viens de subir je ne sais quel cauchemar et tu veux te rassurer, je ne veux pas que ça se passe comme ça...

Nina se tourne et ne répond plus à James. Ce dernier l'embrasse délicatement dans les cheveux et sort de la chambre. Il se dirige vers la salle de bain et prend une douche bien froide pour se remettre les idées au clair. Sous la douche, il repense à la main de Nina qui se promène sur son torse. À cet instant, il voulait lui faire l'amour, la faire crier son prénom, mais pas dans ces conditions-là. Pour l'instant, il doit se calmer et une bonne douche froide semble être la solution.

Les rayons du soleil caressent le visage de Nina. Cette dernière s'étire comme un chat dans le lit. D'un coup, elle attrape son tel et regarde l'heure. Elle ne veut pas être en retard et se dépêche à s'habiller. Elle sort sur la pointe des pieds et se dirige vers la porte d'entrée.

— Tu comptes t'enfuir sans rien me dire ?

Nina sursaute et se retourne. James est accoudé à la fenêtre de la baie vitrée. Nina se rapproche doucement.

— Non... enfin, je voulais me dépêcher pour ne pas être en retard et je ne voulais pas te déranger plus longtemps. J'ai assez abusé de ton hospitalité.

— Arrête, tu ne me déranges absolument pas. Je suis heureux que tu sois là.

James se met à son niveau et s'empare de ses lèvres, il l'entend même gémir. Il s'arrête et lui sourit.

— Allez, file maintenant, j'ai eu ce que je voulais !

À ses paroles, Nina recule en secouant la tête et quitte l'appartement. Elle court dans la rue jusqu'à l'arrêt de bus. Elle repense à la dernière phrase que James lui a dite. Cela voulait dire quoi ? Que, maintenant qu'il avait passé un moment avec elle, il avait eu ce qu'il voulait et que c'était fini. Elle eut une impression de dégoût, elle se mit à penser à ne plus jamais le revoir. Nina monte dans le bus et va travailler. Elle envoie un SMS à Vicky pour tout lui expliquer. Elle ne peut pas garder tout ça pour elle. Vicky ne sait pas quoi lui dire et lui explique qu'il faut voir ça avec lui, il y a peut-être un malentendu. Nina reste sur sa position et pense que c'est vraiment ce qu'il pensait. L'après-midi, Nina va en cours avec son amie, Vicky. De loin, elle voit James et ce dernier reste froid et distant. Elle remarque également une femme près de lui. Ces craintes et doutes vont se confirmer lorsqu'au cours suivant, ce dernier annonce être en compagnie d'une stagiaire. Nina remarque que cette dernière est proche de lui. Même si elle n'est pas officiellement en couple avec James, elle a l'impression de recevoir un coup de poignard en plein cœur. À la fin des cours, Nina se dépêche à sortir avec les autres étudiants. Elle remarque que, de toute façon, James est beaucoup trop occupé avec sa stagiaire pour la voir. Vicky lui annonce que ce soir elle va avec d'autres amis dans un restaurant et lui propose de se joindre à eux. Nina accepte, rentre chez elle et se change. Elle remarque des appels en absence de James, ne relève pas et rejoint son amie au restaurant. La soirée se passe sans encombre et Nina se dépêche pour pouvoir aller à son travail au club.

Devant la porte du club, elle remarque encore des professeurs de la fac, dont James et surtout la stagiaire, Ashley. Nina a appris son prénom par les hommes, lors de sa sortie au restaurant. Ils étaient tous en train de baver sur elle, mais vu comme elle s'accroche à James à l'instant même, on devine avec qui elle souhaite être. En même temps, c'est une belle femme de 25 ans, brune et qui a fait des études. Voilà le genre de femme qu'il aime. Enfin, c'est ce que se dit Nina. Elle monte sur scène, la musique commence et son show démarre. Elle voit et entend la table des professeurs. Ashley a l'air de se plaindre de l'endroit où ils l'ont emmenée, qu'un bar de prostitués n'est pas fait pour elle. James lui explique que ce ne sont pas des prostitués, que ce sont des danseuses à la base. Ashley rigole et lui caresse le bras. Au même moment, le regard de Nina croise celui de James, ce dernier ne fait rien, mais continue de la regarder. Nina n'a pas l'intention de se laisser faire et descend de la scène pour se rapprocher du bar et dire quelque chose au patron. Ce dernier lui sourit et lui dit de remonter sur scène, puis il attrape son micro.

— Qui veut un chaud privé avec la sulfureuse Liz ? Elle est là, rien que pour vous, messieurs ! Suivant la somme que vous allez mettre, les prestations ne seront pas les mêmes !

Plusieurs hommes lèvent la main, mais c'est un jeune de 18 ans, dont c'est l'anniversaire, qui remporte l'enchère. Nina le place au milieu de la scène sur une chaise et se dandine autour de lui. Elle danse, se frotte à lui et conclut en s'asseyant sur lui, son dos contre son torse. Le show fini, le jeune homme, courtois, la remercie et quitte la scène. Nina en fait autant et croise le regard de James. Ce dernier est froid, elle a l'impression de revoir le professeur qui lui a crié dessus le premier jour. Elle se retourne et part dans les coulisses. Elle se change et quitte le club. Avant de partir, le patron lui remet un chèque de trois mille euros pour sa prestation du soir. Elle lui sourit et lui annonce une grande décision.

— À la fin de la semaine, je démissionne.

— Je m'en doutais qu'un jour tu prendrais cette décision, j'aurais aimé plus tard, car tu es une excellente danseuse. En attendant, je te souhaite une bonne continuation et ma porte sera toujours ouverte.

— Merci beaucoup.

Nina se dirige vers la rue qui donne devant le club, lorsqu'elle entend son nom.

— Mademoiselle Fallen ? Je savais bien que je vous avais reconnu !

Nina se retourne et voit un de ses professeurs, Will, devant elle. Elle ne l'aime vraiment pas, à la fac beaucoup de filles s'en plaignent. Il passe son temps à faire des remarques déplacées et misogynes.

— Vous devez vous tromper.

— Ho, non, croyez-moi, je ne me trompe que rarement, il va falloir qu'on se voie demain pour parler de vos extra en dehors de la fac !

— Ne dites rien, s'il vous plaît.

— Venez me voir demain, à la fin des cours, mademoiselle Fallen !

Nina voit Will partir. Ce dernier rigole. Elle court et passe devant les autres profs en pleurant. James la voit et veut la suivre, mais Ashley s'accroche à lui.

— Un dernier verre chez vous, James ?

James se tourne vers Ashley, en lui indiquant que ce n'est pas possible. Cette dernière insiste, en s'accrochant de plus en plus à lui.

— Ashley, j'ai quelqu'un dans ma vie !

— Ça ne me dérange pas du tout à moi, James...

— Moi, ça me dérange, je suis fidèle ! De plus, vous êtes une stagiaire. Je vous guide, mais ça s'arrête là !

Ashley se détache de James. Elle se sent humiliée, monte dans un taxi et file dans la nuit. James va chez Nina, mais trouve porte close. Il ne le sait pas, mais cette dernière est partie trouver refuge à son association pour les sans-abri. Le lendemain, Nina se confie à Vicky. Elle lui explique tout et lui dit même que le soir, après les cours, elle doit rejoindre Will dans la bibliothèque.

— Tu ne vas pas y aller, tu sais très bien ce qu'il attend !!

— Oui, je sais, mais je fais comment ? Si on découvre ce que je fais, je suis mal, tu comprends ? Je peux être exclue !

— Et monsieur Wingleton ne peut pas t'aider ?

— Ho, lui ? Il est occupé avec la stagiaire ! Ce n'est pas grave, je me débrouillerai, comme d'habitude !

Nina tourne les talons et s'en va en direction de ses cours. Vicky la regarde partir, elle ne peut pas la laisser comme ça. Elle a une idée. Elle sait que Nina va lui en vouloir, mais elle ne veut pas laisser son amie faire n'importe quoi. Vicky fonce à la salle des professeurs. Par chance, James est toujours là.

— Monsieur Wingleton, je peux vous parler s'il vous plaît ?

— On peut voir plus tard ? Je dois aller en cours.

— Non, c'est urgent.

James sourcille et décide de suivre Vicky à l'écart des regards et des oreilles des autres. Vicky avoue à James qu'elle est au courant pour lui et Nina, mais elle lui explique surtout le comportement de Will envers son amie et ce qu'il veut qu'elle fasse.

— Cette pourriture ! Il se figure que je vais le laisser la toucher ? Il rêve !

— Monsieur... Nina vous en veut du fait de votre relation avec Ashley...

— Ma stagiaire ? Mais il n'y a rien entre elle et moi. Je reconnais qu'elle est collante et qu'elle m'a fait des avances, mais j'ai refusé direct !

— Moi, je veux bien vous croire... mais Nina, c'est une autre affaire !

— Ne vous inquiétez pas, je m'en charge ! En attendant, pour une qui veut laisser de la distance, je trouve qu'elle est vite jalouse.

— Ne jouez pas avec elle, Nina n'a pas eu une enfance facile.

— Je sais, elle m'a raconté et, ne vous inquiétez pas, je ne joue pas avec elle. Bon, racontez-moi comment Will veut que se passe cette entrevue !

Vicky explique tout à James. Celui-ci passe la journée à faire des sourires sans rien dire, il croise plusieurs fois Nina. Cette dernière ne le regarde pas, même en coin. Il sait qu'elle lui en veut pour la stagiaire, mais de là à ne pas lui demander de l'aide, c'est ridicule. Il échafaude un plan pour coincer l'autre professeur.

Vers dix-huit heures, Nina se rend à la bibliothèque. C'est silencieux, il n'y a personne, elle s'installe à une table.

— Tu es à l'heure ! J'aime ça !

Elle sursaute, se lève et se retourne.

— Que me voulez-vous ? Si c'est coucher avec moi, je vous préviens que...

— Houla, je t'arrête tout de suite, je ne vais pas en venir à ça directement. Avant, tu vas me faire des petits plaisirs.

— Vous me dégoûtez, je sais que vous faites ça avec d'autres filles. C'est dégueulasse de profiter de votre position !

— Enfin, il y en a beaucoup qui ne se plaignent pas ! Au contraire, elles sont contentes !

— Mais pas moi, je ne fonctionne pas comme ça !

Will se rapproche de plus en plus de Nina. Il continue à lui dire qu'elle est belle, qu'il aime ce qu'elle fait comme show, qu'il veut juste passer un agréable moment avec elle. Au même moment, un livre tombe à terre. Nina prend peur et s'enfuit de la bibliothèque.

— Attends !! Reviens ici, petite garce !! Tu ne perds rien pour attendre !

— Toi non plus, crois-moi !

Will se retrouve plaqué au mur de la bibliothèque. L'homme en face de lui est furieux, ses yeux sont sombres et son regard en dit long. Will le regarde et sourit.

— Tiens, tiens, James, toi aussi, tu veux ta part du gâteau ? Pas de souci, il y a plein de gamines sur ce campus ! On partage ?

— Écoute bien ce que je vais dire, car je ne vais pas me répéter : je ne veux plus que tu t'approches des filles de la fac. Demain, tu donnes ta démission et tu quittes la région, sinon…

James lui montre une vidéo. Il a tout filmé de son entrevue avec Nina. Will commence à arrêter de rire.

— Tu fais ça, car elle t'a tapé dans l'œil la gamine. J'ai vu comment tu la regardes, je dois avouer qu'elle est bonne et que…

— Arrête de parler d'elle en ces termes !

— Tu me fais rire. Tu veux me faire chanter, alors qu'il me suffirait d'aller voir le directeur pour expliquer ton penchant pour Nina !

— Tu peux toujours y aller, mais moi j'ai une vidéo et le bras long ! Tu ne me connais pas et je ne te conseille pas de t'aventurer sur cette voie-là !

James lâche Will. Il lui envoie la vidéo sur son téléphone en lui expliquant bien de faire ce qu'il lui a dit et vite. Will s'en va, furieux, de la bibliothèque. James est assez fier de lui. Maintenant, il doit trouver Nina et s'expliquer avec elle.

Chapitre 6

On le retrouve en train de courir sur le parking. Il monte dans sa voiture et traverse la ville à vive allure. Il s'arrête devant l'appartement de Nina et tambourine. Au bout de cinq minutes, la voisine, une vieille dame de 85 ans, sort et lui dit que ça ne sert à rien de taper comme ça contre la porte, que la jeune fille n'est pas là.

— Vous savez où elle est ?

— Non, jeune homme, elle a pris un sac et elle m'a dit qu'elle partait quelques jours... Je soupçonne un chagrin de cœur.

— Oui, et j'en suis la cause, je suis vraiment un idiot.

— Je ne dirais pas ça, jeune homme. Nina est une jeune femme très meurtrie et brisée, elle a du mal à faire confiance et la vie ne lui a fait guère de cadeau. Essayez d'y aller calmement avec elle. Je le sens, vous êtes bon au fond de vous et droit. C'est un homme comme vous qu'il lui faut. Ne baissez pas les bras. Croyez-moi, elle en vaut la peine !

— Oui, je sais. Merci beaucoup, madame.

James remonte dans sa voiture et passe la soirée à arpenter les rues. D'un coup, il aperçoit Vicky qui sort d'un bar avec des amis. Il descend de sa voiture et l'appelle. Cette dernière s'approche.

— Nina m'a appelée pour me raconter que Will a voulu aller plus loin avec elle, mais suite à un bruit dans la bibliothèque, elle s'est enfuie. Maintenant, elle a peur, peur qu'il s'en prenne à elle.

— Croyez-moi, plus jamais il ne s'en prendra à elle ni à personne ! Maintenant, j'ai un service à vous demander. Vous êtes sa meilleure amie ?

— Oui.

— Où est-elle ? Je sais qu'elle a dû vous le dire. Elle n'est pas chez elle, pas avec vous. Je veux juste lui parler. Où est-elle ?

— Je ne sais pas si je dois...

— S'il vous plaît, je dois lui parler. Je dois m'excuser, lui expliquer. Je tiens à elle, je ne veux pas lui faire de mal.

— Bon, suivez-moi, je vais chercher ma voiture. Nina va me tuer, vous en êtes conscient ?

— Je dirai que je vous ai ligotée pour me le dire.

James et Vicky explosent de rire et cette dernière s'éloigne rejoindre sa voiture. James la suit et, au bout d'un quart d'heure, ils s'arrêtent devant un vieux bâtiment. Une femme s'approche de la voiture de Vicky.

— Vicky ? Mais oui, c'est bien toi ! Cela fait longtemps !! Tu reviens ?

— Bonjour, Zoé ! Non, je ne peux toujours pas revenir, trop de boulot pour l'instant. Je venais juste pour voir... Nina.

— Oui, elle est là. Elle ne va pas bien, tu sais.

James se passe la main dans les cheveux et regarde Zoé.

— C'est de ma faute, je n'ai pas été assez là. Il y a eu des incompréhensions entre nous, mais je dois absolument la voir, je ne peux pas être sans elle !

Zoé sourit et regarde tendrement James.

— Devant une supplication comme la vôtre, je ne peux pas rester de glace, même si elle va me tuer. Elle se trouve dans la salle principale, elle aide nos pensionnaires à faire des papiers administratifs. Allez-y doucement, elle a été secouée par quelque chose, on ne sait pas et...

James est déjà parti dans le bâtiment. Vicky sourit à Zoé en lui expliquant que James sait ce qui se passe. Ce dernier arrive en courant dans la salle, il aperçoit Nina au loin. Elle a les cheveux attachés en bataille, un pantalon trop grand pour elle, un top et un gilet mis à la va-vite dessus et pourtant elle reste magnifique à ses yeux. Cette dernière est en train d'expliquer aux sans-abri comment remplir leurs papiers, faire des lettres de motivation et des CV. Nina se retourne. En voyant James, elle quitte la salle en expliquant aux sans-abri qu'elle revient, elle se met à courir et se retrouve dans le jardin. James lui court après. Elle continue, mais il l'arrête en l'appelant.

— NINA ! S'il te plaît, je veux te parler, reste !

— Moi, je ne veux pas te parler ! Laisse-moi.

James la rattrape et lui maintient le bras. Nina commence à se débattre.

— Je t'en prie, écoute-moi.

Nina respire et demande à James de la lâcher. Ce dernier s'exécute et regarde la jeune fille. Celle-ci croise les bras et soutient son regard.

— Je ne comprends pas pourquoi tu ne me parles plus depuis hier. Je pensais qu'entre nous... enfin, je pense que tu sais ce que je veux.

— Oui et tu l'as obtenu, c'est ce que tu as dit !

James réfléchit et repense à hier matin, quand il a dit qu'il était content d'avoir obtenu le baiser de Nina. Il s'explique :

— Oui, je t'ai dit que j'étais content et que j'avais obtenu ce que je voulais, tout simplement du fait que tu étais en train de quitter mon appartement sans m'embrasser, comme une voleuse. Donc oui, j'étais content que tu m'embrasses avant de partir. Il n'y a que ça ?

— Non, je ne voulais pas gêner ta soirée avec ta stagiaire !

— Serais-tu jalouse, Nina ?

— Il n'y a pas à être jalouse, nous ne sommes pas officiellement en couple ! Fais ce que tu veux, mais ne viens pas ici pour me raconter je ne sais quoi !

— Je n'ai pas à inventer quoi que ce soit, je te dis la vérité ! Ashley n'est qu'une stagiaire parmi tant d'autres. Elle m'a fait des avances, j'ai refusé et elle l'a mal pris, comme n'importe quel femme ou homme éconduit ! Je n'ai rien fait avec cette Ashley. Je t'ai embrassée, je me suis un peu livré à toi. Ce n'est pas pour aller papillonner ailleurs ! Je suis même venu t'aider contre ton gré !

— C'était toi dans la bibliothèque ? Tu étais au courant ? Mais comment ? Bien sûr... Vicky...

— Et elle a bien fait ! Tu te rends compte de ce qui aurait pu t'arriver !

— De toute façon, il reviendra à la charge...

— Crois-moi, il ne reviendra pas, il n'embêtera plus aucune fille et surtout pas toi !

Nina le remercie et s'éloigne un peu de lui. Elle s'assoit sur un banc dans le jardin, puis regarde James dans les yeux.

— Tu vois notre relation comment ? Basée sur la pitié ? Tu arrives à chaque fois que je suis en difficulté ? Je ne crois plus aux contes de fées ni à *Pretty Woman* ! Je doute que le bel homme en face de moi sauve la fille de la rue comme moi !

— Déjà, je te remercie des compliments que tu fais à mon égard. Ensuite, je ne te prends pas en pitié. Appelle ça comme tu veux, mais moi, je crois au coup de foudre et avec toi ça m'arrive. J'ai envie d'être près de toi en permanence, de t'avoir dans mes bras, de t'embrasser, de pouvoir te protéger chaque seconde de la journée, même si tu as un caractère digne d'une mère déchaînée.

En disant ça, James se rapproche de Nina, il lui tend la main. Elle accepte et se lève. Il la tire vers lui et la serre le plus possible contre lui.

— Je veux te garder près de moi.

Nina lève la tête et se retrouve prisonnière des lèvres de James. Elle est prise dans un tourbillon de passion. Elle ne sent même plus ses jambes, sa tête lui tourne, elle sent la main de James se promener au creux de ses reins. Il arrête le baiser et la regarde dans les yeux.

— Oui, je ne veux pas te perdre. Prends-moi pour un idiot, mais je suis tombé amoureux.

— Je suis si bien entre tes bras...

Nina n'arrive pas à se déclarer, elle a peur que tout ça ne soit qu'un rêve. Elle sourit à James et les deux repartent à l'intérieur du bâtiment et rejoignent Vicky, Karin et Zoé. Cette dernière regarde le couple.

— Vous venez dans le camion ou pas ?

James questionne du regard Nina.

— En fait, nous distribuons de la nourriture, à boire, des couvertures et des habits aux sans-abri. Tu veux venir avec nous ?

— Bien sûr !

La soirée se passe dans une bonne ambiance, elle se termine même dans un café, où James apprend quelques anecdotes sur Nina. Celui-ci en rigole. Une fois de retour à l'association, Vicky rentre de son côté et James propose à Nina de prendre un dernier verre chez lui. Elle accepte.

Dans l'appartement de James, ce dernier se met à l'aise, enlève sa cravate et sa veste. Nina va se rafraîchir dans la salle de bains. Lorsqu'elle revient, James lui demande si elle veut boire.

— Je veux bien du jus de fruits.

James sourit et lui donne ce qu'elle veut. Lui se prend un verre de whisky et s'installe à côté d'elle. Il commence à lui demander comment elle est devenue bénévole.

— Tu sais, quand mon père m'a mise à la porte, je me suis retrouvée à la rue et je n'avais rien. J'ai rencontré Zoé et Karin et elles m'ont aidée à remonter la pente. Mon travail à la blanchisserie, c'est elles qui me l'ont trouvé.

— Et celui au club ?

— C'est une annonce et le fait que je sache danser qui m'ont attirée là-bas. Je sens que ce travail ne te plaît pas ?

— Comment te dire que voir la femme que j'aime danser en tenue légère pour d'autres hommes ne fait pas partie de mes fantasmes.

En disant ça, James se lève et se poste devant la baie vitrée. Nina le suit et pose sa main sur son épaule. James se retourne et lui prend un baiser. Ce dernier devient très vite passionnel. Il balade ses mains sur le corps de Nina, mais au moment de les passer sur des endroits plus intimes, cette dernière l'arrête. James reprend son souffle et recule.

— J'ai fait quelque chose de mal ?

— Non, pas du tout, mais... je suis fatiguée.

— Ha... d'accord, je te laisse la chambre. Je te souhaite une bonne nuit.

Nina sent le changement de James. Elle commence à aller dans la chambre, mais se ravise et se plante devant lui.

— Je rêve ou tu deviens froid ? Ne me dis pas que c'est parce que je te repousse.

— Nina, je ne vais pas non plus cacher ce que je ressens. Je suis amoureux de toi et j'ai envie de toi, mais si tu es fatiguée, je respecte. Je suis juste frustré en tant qu'homme, mais ce n'est rien, c'est normal. Va te reposer et dormir, ma puce.

À ce surnom, Nina sourcille. On ne l'a jamais appelée comme ça, même pas ses parents, même pas ses autres copains, personne. Elle s'approche de James et dépose un baiser sur sa joue. Il lui sourit, l'attrape par la main et lui donne un baiser passionné. Une fois dans sa chambre, Nina se met à l'arpenter.

— Je dois lui dire... ou pas ? J'ai honte à mon âge ! Je ne devrais pas pourtant... Je ne sais pas quoi faire...

Nina continue de marcher pendant une demi-heure, puis elle prend une décision. Elle sort de la chambre et va dans la salle à manger. Cette dernière est plongée dans le noir. Elle avance à petits pas en cherchant James.

— Tu cherches quelque chose, ma douce ?

Nina sursaute, se retourne et se retrouve nez à nez avec James, Nina déglutit en le voyant. James est en caleçon devant elle. Nina ne peut s'empêcher de le détailler sous toutes les coutures, elle fait le contour de chaque muscle de chaque abdo de son corps. Un geste anodin pour elle, mais qui va mettre James à fleur de peau.

— Je pensais que tu étais fatiguée, mais vu ta langue qui passe sur tes lèvres, tu as l'air d'avoir faim, non ?

Nina devient rouge et se dépêche de faire demi-tour pour se réfugier dans la chambre, mais James est plus rapide et se met devant elle.

— Que veux-tu ? Tu n'es pas là pour rien, je le sais. Que veux-tu me dire ou faire ?

— Je... je... non, laisse tomber, c'est idiot !

James la prend par les épaules et plonge son regard ténébreux dans le regard doux et innocent de Nina.

— Pas de secret, j'ai vécu dans la douleur à cause de certains secrets. Je ne veux pas revivre ça.

— Je... suis vierge, c'est pour ça que tout à l'heure... enfin, tu comprends.

En disant ça, Nina avait baissé la tête, mais James la lui fait relever d'un mouvement de main.

— Et alors ? Tu crois que ça me dérange ? Mais c'est vrai que, maintenant que je le sais, je vais faire plus attention. Il n'y a pas de honte.

Nina ne dit rien et pose ses mains sur le torse de James, se met sur la pointe des pieds et l'embrasse délicatement. James la prend par la taille, la soulève et accentue son baiser en la posant sur le plan de travail de sa cuisine. Nina regarde autour d'elle et voit bien le désir de James dans ses yeux.

— Je ne veux pas passer pour une allumeuse ou autre.

— Tu sais, tu n'as pas besoin de jouer à être une allumeuse, comme tu dis, ou autre pour faire naître du désir en moi, crois-moi !

— James... j'ai envie que tu m'apprennes, je veux le faire avec toi, j'en ai envie.

— J'en suis très honoré et j'ai bien entendu ce que tu me dis, on va prendre notre temps, même si...

— Même si quoi ?

— Même si j'ai envie de te faire l'amour tout de suite sur ce plan de travail, mais je vais me retenir, je vais y arriver... avec une bonne douche !

Les deux jeunes gens éclatent de rire et James porte Nina jusqu'à son lit, l'embrasse, lui dit bonne nuit et la laisse. Nina s'endort dans le grand lit de James, en pensant à la révélation qu'elle vient de lui faire. En plein milieu de la nuit, James est de nouveau réveillé par les cris de Nina. Il entre précipitamment dans la chambre et la retrouve en sanglots à nouveau.

— Ma puce ? Mais que se passe-t-il ? C'est quoi ces cauchemars ?

— Ce n'est rien... enfin, c'est toujours le même, l'abandon de ma mère, mon père qui m'a mise dehors, la vie dure de la rue, les regards dégoûtants des hommes qui me regardent danser.

Nina pleure de plus en plus et James la console. Il se rend compte également qu'elle n'est qu'en sous-vêtements et la couvre un peu plus.

— Tu dois te reposer et penser à autre chose et...

— Ne me laisse pas.

— Jamais, je te le promets, je ne te laisserai jamais.

— Alors, reste avec moi cette nuit.

— Te rends-tu compte de ce que tu me demandes ?

James se passe la main dans les cheveux. Il se lève, arpente la chambre et prend place à côté de Nina dans le lit. Cette dernière se blottit contre lui et s'endort de nouveau, mais ce coup-ci, paisiblement. C'est le réveil qui est un peu brutal et angoissant. Nina tâte le côté du lit et le trouve vide. Elle regarde autour d'elle, personne. Elle sort de la chambre et découvre que l'appartement est vide. Elle s'habille en vitesse et commence à angoisser, lorsque la porte d'entrée s'ouvre. James est sur le pas de la porte avec deux cafés et des viennoiseries. Il découvre Nina devant lui, tremblant comme une feuille. Il pose tout et se précipite vers elle.

— Qu'est-ce qui ne va pas ? Tu t'es fait mal ? Tu ne vas pas bien ? Ma puce ?

— Tu es parti ?

— Je suis juste allé chercher le petit-déjeuner...

Nina secoue la tête et revient à elle.

— Je suis désolée, je ne sais pas pourquoi j'ai réagi comme ça, c'est n'importe quoi !

— Non, avec ton passé, tu as cru que tu étais abandonnée une nouvelle fois. Je peux te comprendre, mais je te l'ai dit : je ne t'abandonnerai jamais. Fais-moi confiance.

James prend Nina dans ses bras, ils déjeunent et se rendent à la fac, chacun de leur côté. Nina a une certaine appréhension vis-à-vis de Will, même si James lui a dit de ne pas s'en faire. Effectivement, une annonce au haut-parleur indique que le professeur ne fait plus partie de l'établissement pour raisons personnelles. À l'annonce de ce message, James sourit dans son coin. La journée se passe bien et, le soir, Nina se rend à la bibliothèque pour s'avancer sur ses devoirs. D'un coup, une bande de filles s'approche d'elle. Elles sont trois et sont connues pour être les pestes de la fac. Une grande rousse s'approche d'elle.

— Merci ! C'est à cause de toi que Will s'est fait virer ! Marianne t'a vu hier sortir en courant de la bibliothèque et en pleurant. Tu ne pouvais pas faire comme les autres ? Tu t'agenouilles et c'est bon !

— Tiens, tiens, Melissa, ça faisait longtemps ! Si ça te plaît de faire ça pour avoir de meilleures notes, c'est ton problème, pas le mien ! Je préfère étudier et je ne laisserai pas un prof user de sa position pour profiter de la situation !

— Ha, oui, c'est sûr… tu ne les prends pas avec le même *standing*, toi ! Tu crois quoi ? Que personne ne remarque ton petit jeu avec le prof de littérature française ?

— Tu racontes que des conneries, juste parce que tu es en colère !

— Ho, non, je sais qu'il se passe un truc entre vous et je vais le prouver et je vais...

— Vous allez faire quoi, mademoiselle ?

Nina, Melissa et les deux autres filles sursautent en découvrant James derrière elles. Melissa regarde le professeur dans les yeux.

— J'étais juste en train d'expliquer à Nina que, si votre relation venait à se savoir, vous seriez virés tous les deux !

— Seriez-vous jalouse, Mademoiselle ?

— Moi ? Jalouse de Nina ? Non, mais n'importe quoi, je peux avoir qui je veux et n'importe quel prof également !

— Ho, ça, je n'en suis pas si sûr, mademoiselle. La preuve, vous ne m'avez pas, moi ! Ce n'est pas vous qui passez vos nuits dans mon lit. Ce n'est pas vous qu'il me tarde de retrouver le soir. Ce n'est pas vous que j'ai envie d'embrasser toute la journée lorsque je la croise ou pas.

— Donc j'avais bien raison, vous et cette... – enfin, je ne sais pas ce que vous lui trouvez, mais bon – vous êtes ensemble ! Je vais le...

— Croyez-moi, vous n'allez rien dire, sinon vous finirez comme ce cher Will !!

— C'est dégueulasse, c'est du chantage ! Vous n'allez pas vous en tirer comme ça ! Vous pensez que vous pouvez tout gérer d'un claquement de doigts, je vais vous prouver le contraire !

Melissa sort et claque la porte de la bibliothèque. Nina se rapproche de James.

— On ne va pas pouvoir continuer comme ça, si elle en parle au directeur et si elle...

— Calme-toi, ma puce, je vais régler la situation ! Je ne vais pas laisser cette prétentieuse nous faire quoi que ce soit ! Rentre chez toi et repose-toi.

— Je dois aller travailler ce soir...

— Je n'ai vraiment pas envie que tu y ailles.

— J'ai besoin de ce travail, tu le sais ! Je ne veux pas discuter de ça avec toi. Je sais que tu ne n'en as pas envie, mais je n'ai pas le choix.

James râle et sort de la bibliothèque sans se retourner. Nina sort également et passe à côté de lui, furieuse. Elle se rend sur le parking, sort une feuille de son sac et écrit un mot qu'elle met sur le pare-brise de la voiture de James. Elle fonce à son arrêt de bus et s'en va avec ce dernier. James arrive à sa voiture et remarque un mot dessus. Il le prend et lit :

James, je n'ai peut-être que 20 ans, mais je ne vais pas supporter que tu me dictes ma vie ou que tu me dises ce que je dois faire. Je sais où nous en sommes dans notre relation, tu me l'as dit hier, mais je ne veux pas que tu te renfermes ou me fasse la tête à chaque fois que je dis ou fais une chose qui ne te plaît pas. Si tu m'avais laissé finir, tu aurais su que j'ai donné ma démission et que je finis ce travail à la fin de la semaine... Sur ce, je te laisse. Ne cherche pas à me contacter pour l'instant, je dois digérer. Bonne soirée, monsieur Wingleton.

James se laisse tomber sur le siège de la voiture en soupirant et en se passant la main dans les cheveux.

— J'ai agi comme un crétin... Elle a raison, mais avec elle, j'ai l'impression d'être un ado jaloux. Il faut que j'arrête ce comportement, c'est puéril.

Il essaie de l'appeler et de lui envoyer un SMS, mais rien n'y fait, elle ne répond pas. Il démarre sa voiture et se précipite à son appartement. Il trouve porte close, il va à l'association et Zoé lui dit qu'elle ne l'a pas vu. Il va au club, mais on l'informe que Liz ne vient pas ce soir, exceptionnellement. James essaie de la rappeler une nouvelle fois, en lui laissant des messages, mais rien n'y fait. De son côté, Nina a trouvé refuge chez son amie Vicky. Là, elle sait que James ne viendra pas la chercher. Cependant, elle a droit aux remarques de son amie.

— Tu exagères avec lui ! Il essaie de t'aider, de te sortir de là et tu lui fais la tête !

— Attends, tu ne vas pas prendre sa défense non plus ! Sous prétexte que nous nous sommes embrassés une fois, il faudrait que j'arrête de bosser et que je parte vivre dans sa garçonnière… Je ne crois pas, non !

— Il ne t'a pas dit ça, il t'a juste demandé d'arrêter, non ?

— C'est mon gagne-pain, je ne peux pas m'arrêter comme ça et il me fait la tête au lieu de comprendre. En plus, s'il avait attendu, j'aurais pu lui annoncer que je quitter le club en fin de semaine… Au lieu de ça, je le lui ai écrit sur un papier et, pour l'instant, je ne veux pas le voir.

— Tu n'as pas l'impression que ta réaction est puérile ? On dirait une ado à qui son amoureux a dit non. Je ne pense pas que James soit de ce genre d'homme… Tu crois qu'il va faire quoi ? Courir après toi ? Il ne va pas rester à t'attendre… méfie-toi.

— Laisse-moi ! Si tu ne veux pas que je reste, tu me le dis et…

— Calme-toi, je te dis ce que je pense, c'est tout. Tu peux rester ici autant de temps que tu le veux.

Nina s'excuse auprès de Vicky et les deux filles finissent la soirée à regarder des séries.

Chapitre 7

La fin de la semaine arrive et Nina n'a pas reparlé à James et ce dernier ne l'a pas rappelé et ne lui a pas non plus envoyé de SMS. Elle l'a croisé plusieurs fois, mais il est resté très distant, froid et professionnel. Nina se retrouve un peu malheureuse, elle pensait que leur relation avait un peu plus de poids. Après, il faut dire que son comportement à elle était immature. Le vendredi soir, Nina enfile pour la dernière fois sa tenue de Liz, lorsque son patron rentre avec fracas dans la loge.

— Nina, il y a un type qui vient de payer quinze mille euros pour un show privé avec toi !!

— Quinze mille euros ? Mais c'est une somme astronomique !

— Oui, c'est clair ! Tu acceptes ?

Nina réfléchit et son patron lui indique que la moitié est pour elle, que c'est son dernier soir et qu'en plus, le client est un bel homme.

— Bon, j'accepte, mais attention, je ne fais pas de nu.

— Il le sait, je lui ai dit, la seule chose qu'il veut... c'est que tu aies les yeux bandés jusqu'à la fin du show.

— Curieuse demande, mais bon le client est roi !

Nina se métamorphose en Liz, se bande les yeux et monte sur scène. Elle danse, fait son show pendant 20 minutes, puis commence à caresser l'homme et, à ce moment-là, Nina a l'impression de le connaître. Le clou du spectacle approche. Nina enjambe son partenaire et s'assoit sur lui. Elle s'élance en arrière et sent la main de l'homme sur ses reins. Elle enlève son bandeau en se redressant sur son partenaire, puis croise le regard... de James. Nina reprend son souffle et s'accroche au cou de ce dernier pour descendre, il la retient et lui glisse un mot a l'oreille.

— Comment fait-on pour un show très privé, mademoiselle Fallen ?

Nina rougit, elle se dirige dans les coulisses et se change. Elle reçoit des bouquets de fleurs des autres filles, des bijoux et des vêtements sexy. Nina discute un peu et leur dit adieu. Quand elle sort, elle voit James de l'autre côté de la rue, s'avance doucement, mais n'ose pas lui parler. Elle sait que, même s'il a eu tort de réagir comme il la fait, elle aussi est en tort. Elle aurait dû lui répondre et non rester à bouder. Nina relève la tête et voit James à son niveau. Ce dernier plonge son regard en elle.

— Nina...

— Attends, James, laisse-moi parler ! Je suis désolée d'avoir eu ce comportement de gamine avec toi. Nous avons plus de 10 ans d'écart et je ne dois pas réagir comme si tu venais de sortir de l'adolescence, j'ai été une idiote et...

— Nina, ne dis pas ça...

— Ne m'arrête pas, sinon je serai incapable de te dévoiler mes sentiments, incapable de dire ce que je ressens, incapable de te dire que... je t'aime, que je ne veux plus être loin de toi, que...

James s'approche d'elle et s'empare de ses lèvres. Leurs langues dansent ensemble dans un tourbillon de tendresse. La pluie commence à tomber, mais cela ne les arrête pas. Nina a l'impression que ce baiser peut durer une éternité. Elle le sait, elle ne veut plus quitter James. Peu importe les épreuves qu'ils doivent surmonter, ils le feront. James arrête le baiser.

— Je t'aime, Nina.

Le couple monte dans la voiture de James et se dirige vers l'appartement de ce dernier. Ils s'embrassent jusqu'à l'ouverture de la porte. James défait sa cravate, enlève sa veste et ouvre sa chemise. Nina continue de le caresser et laisse James la dévêtir. Elle se retrouve tremblante, en sous-vêtements au milieu de l'appartement.

— Si tu ne veux pas, je comprendrais. On peut attendre, tu sais.

— Je le veux, j'en ai envie.

James lui adresse un beau sourire. Il la prend dans ses bras et la porte jusqu'à son lit. Il finit de se déshabiller, ne garde que son boxer. Nina le regarde et ne peut s'empêcher d'admirer ses abdos, ses cuisses, ses mollets. Elle a même du mal à garder une respiration régulière.

— Allons, ma puce, tout ça est à toi, calme-toi.

James s'allonge près de Nina et recommence à l'embrasser, il la caresse et cette dernière frissonne. Nina s'aventure sur les épaules de James et redescend sur son torse. Elle imprime toutes les courbes de ses abdos. James accentue les caresses et passe délicatement sa main dans le string de Nina. Cette dernière sursaute, mais se laisse faire.

— On ne t'a jamais rien fait, au niveau sexuel ?

— Non...

— Il n'y a pas de honte, je te l'ai dit, et je suis heureux de t'apprendre tout ça.

James commence à caresser son bouton d'amour et il entend des gémissements provenir de la gorge de Nina. Elle essaie de le caresser, mais il lui dit d'arrêter, que là, c'est d'elle qu'on s'occupe. Il continue de la caresser de plus en plus vite et Nina se met à crier de plus en plus fort. Il lui enlève son soutien-gorge et lui embrasse ses tétons en même temps. Il descend et embrasse son ventre, puis se met sur elle.

— Tu es sûr de toi ?

— Oui, j'ai envie de toi...

— Moi aussi, ma puce.

Il enlève son boxer et Nina peut découvrir le membre en érection de James. Il enfile un préservatif et se positionne à l'entrée du mont de Vénus de Nina. Il rentre en elle et voit le visage de cette dernière se crisper. Il lui demande si tout va bien et, vu qu'elle acquiesce, il continue. Il sent l'hymen de la jeune fille craquer et voit qu'elle se retient de respirer. Il la rassure et commence à faire des va-et-vient délicatement. Nina s'accroche à ses bras et commence à gémir de plus en plus fort. Il lui caresse les cheveux en accélérant les mouvements et, dans un dernier élan, Nina crie son nom. James explose sa jouissance également. Il se retire, se lève et va jeter son préservatif. Quand il revient, il trouve Nina prostrée dans le lit. Il s'approche doucement d'elle.

— Que se passe-t-il ? Tu as mal ? Ça va ?

— Oui, mais... il y a du sang dans le lit et... je suis désolée, je ne voulais pas tacher, je ne voulais pas...

— Ma puce, calme-toi, c'est normal. Ne t'inquiète pas, on les changera demain. Viens près de moi.

Nina se rapproche de James, pose sa tête sur son torse et s'endort sous les caresses de ce merveilleux amant qu'elle vient de découvrir. Le lendemain, lorsqu'elle se réveille, elle se trouve toujours sur le torse de James. Elle essaie de se glisser hors du lit, mais ce dernier la retient par le poignet.

— Tu comptes t'en aller comme une voleuse ?

— Je ne voulais pas te réveiller.

— Je suis réveillé depuis un moment, ma puce, je te regarde dormir. Tu es tellement belle !

Nina se lève en embarquant le drap avec elle pour cacher sa nudité, mais en faisant ça, elle révèle celle de James. En voyant le sexe de James en érection, elle se tourne et se dirige vers la salle de bain. En voulant fermer la porte, Nina se heurte au pied de James.

— Pourquoi tu t'enfuis ? Ce n'est pas la première fois que tu me vois nu, hier soir, on...

— Ce n'était pas pareil, pas les mêmes circonstances et je suis un peu gênée, je ne te le cache pas.

— Gênée ? De me voir nu ?

— Oui, c'est nouveau pour moi, mais surtout gênée par rapport à moi...

— Toi ? Ton corps ? Tu rigoles, j'espère ? Te rends-tu compte que tu es magnifique ?

— Tu n'es pas objectif !

— Et si je te faisais l'amour tout de suite sous la douche, tu penses que je serais objectif ?

James enlève le drap de Nina et l'entraîne sous la douche pour un moment torride et enflammé. Elle se laisse aller et dépose même son empreinte de mains sur la vitre embuée de la paroi.

James sort de la douche, se sèche et part préparer le petit-déjeuner. Nina se sèche également et enfile le peignoir de James, avant de rejoindre ce dernier dans la cuisine.

— Café et madeleines ? C'est bon ?

— C'est parfait ! J'ai une faim de loup !

— Encore ?

James lui sourit et Nina rougit un peu. Le couple prend le petit-déjeuner et Nina questionne James sur le comportement à la fac et surtout comment doit-elle réagir face aux soupçons de Melissa.

— Ne t'inquiète pas pour elle. Quant à nous, il faut continuer à s'ignorer. Notre relation est interdite, je ne veux pas que tu te fasses renvoyer.

Nina retrouve Vicky et James se rend à la salle des profs. Il discute avec plusieurs profs et se rend ensuite à ses cours. Nina, de son côté va, elle aussi, en cours, puis passe deux heures à la bibliothèque avec Vicky et des amis, Brian et Carl. Les quatre jeunes gens se rendent à la cafeteria pour manger ensemble. Du coin de l'œil, Nina voit que James est là et qu'il l'observe, du moins, qu'il regarde surtout les garçons qui sont avec elle. Au moment de se lever, Nina percute quelqu'un et se retrouve avec son haut trempé.

— Tu ne peux pas faire attention !

Nina regarde la fille qui lui crie dessus et se rend compte que c'est Melissa et son groupe. Cette dernière regarde les deux garçons, puis regarde de nouveau Nina.

— Il t'en faut combien ? Après les professeurs, tu reviens aux étudiants !

— Tu n'es qu'une salle garce qui est en colère, car le prof avec qui tu couché pour avoir de bonnes notes s'est fait renvoyer !

Melissa commence à vouloir se battre, mais Brian s'interpose.

— Je ne te conseille pas de faire quoi que ce soit contre Nina, sinon ça pourrait mal finir !

— Ho, mon cher Brian, tu t'égosilles pour rien. Elle est déjà protégée par un professeur !

Brian, Carl, Vicky et Nina ne l'écoutent plus et partent dehors. Brian se penche vers Nina.

— C'est vrai ce qu'a dit Melissa ? Tu sors avec un prof ?

— Mais non, elle raconte des conneries. J'ai balancé le prof avec qui elle couché, car ce dernier faisait des avances à beaucoup de filles et ça ne lui a pas plu, donc évidemment elle est en colère.

— OK, donc, tu es célibataire ?

— J'ai dit que je ne sortais pas avec un prof, je n'ai pas dit que j'étais célibataire !

Brian se rapproche de Nina et s'autorise à lui arranger une mèche de ses cheveux.

— Je peux essayer de tenter ma chance ?

— Jeunes gens, je pense que les cours vont commencer, non ?

Nina et Brian se retournent et découvrent James. Ce dernier sourit à Brian et lui fait signe d'aller en cours.

— Tu viens, Nina ? Je ne savais pas que les professeurs étaient aussi à cheval sur les règles d'horaire !

— Sachez, jeune homme, que le savoir de mes étudiants m'intéresse !

— Il y a que le savoir de vos étudiants qui vous intéresse ou vos étudiantes aussi ?

Nina s'interpose entre les deux hommes.

— Cela suffit, Brian ! Tu viens avec moi en cours. Quant à vous, monsieur Wingleton, nous sommes toujours à l'heure, ne vous inquiétez pas pour ça.

Nina part avec Brian sous le regard froid de James. Elle ne peut s'empêcher de voir qu'il est vraiment jaloux et, d'un autre côté, elle se sent flattée qu'un jeune homme comme Brian puisse le mettre dans tous ses états. La journée se passe et Vicky propose, en fin de journée, d'aller prendre un verre au bar du coin. Nina se hâte d'envoyer un SMS à James pour lui expliquer qu'elle sort avec ses amis et qu'elle va chez Vicky pour réviser après. Ce dernier lui répond en lui disant qu'il n'y a pas de souci et en lui souhaitant une bonne soirée. Nina est un peu refroidie : même pas un bisou, même pas un *je t'aime*... rien. Après, il faut dire que James n'a plus 20 ans, donc pour lui, c'est peut-être puéril. Nina essaie de passer une bonne soirée. Elle envoie d'autres SMS à James qui restent sans réponse. En sortant du bar, elle dit à Vicky, discrètement, qu'elle va faire un saut chez James avant de revenir réviser avec elle. Elle a un truc à régler.

Arrivée devant le bâtiment de ce dernier, elle rentre et va frapper à la porte de James. Ce dernier lui ouvre, s'écarte et la laisse rentrer. Elle remarque plein de copies sur la table de la salle à manger, mais remarque également James qui la regarde avec ses mains dans les poches.

— Je ne t'attendais pas maintenant, je pensais que tu passais la soirée avec tes amis et qu'ensuite tu faisais tes révisions chez Vicky.

— Oui, j'étais en train d'y aller, mais vu que tu ne réponds pas mes SMS, je suis venue te voir.

— Désolé, mon portable est en charge et je corrige des copies.

James ne rajoute rien et retourne s'asseoir à la table. Nina tourne les talons et préfère partir. Elle claque la porte et s'avance à l'ascenseur. La porte n'a pas le temps de s'ouvrir que Nina se retrouve tirée en arrière.

— Ça veut dire quoi ça ?

— Et toi ? Tu fais la gueule, ne me parles pas. Je ne vois pas pourquoi je resterais à parler dans le vent ! Je pars !

— Je suis en train de corriger des copies !

— Pas à moi, James, je sens bien qu'il y a autre chose !

James arpente le hall et se passe une main dans les cheveux. L'ascenseur arrive et Nina monte dedans. Ce dernier se ferme et descend. James dévale les marches jusqu'en bas et arrive en même temps que l'ascenseur. Il voit Nina sortir.

— Nina !

Cette dernière le regarde, puis commence à s'en aller.

— Tu veux quoi ? Que je te dise que je me trouve stupide d'être jaloux d'un gamin de 20 ans, de faire la tête et de ronger mon frein dans mon coin alors que je sais que tu bois un verre avec lui ? Alors oui, c'est le cas !

Nina, qui a posé sa main sur la poignée de la porte, se retourne et marche vers lui. Elle pose une main sur son torse et l'autre sur sa nuque, elle l'attire à elle et l'embrasse. James pose sa main sur la taille de Nina et appuie son baiser. Il l'emmène dans une valse de sentiments exquis. Nina s'arrête et continue à fixer James.

— Sache que Brian est un ami et que ça s'arrête là. Je ne vais pas te cacher qu'il aimerait plus, mais je le repousse à chaque fois. Je suis avec toi et personne d'autre ! Mais je trouve ta jalousie trop mignonne, pour un homme de ton âge ! Être aussi jaloux et mignon et excitant !

— Fais attention, je pourrais te punir pour ça !

— Une punition ? Je suppose qu'on ne parle pas d'une heure de colle, monsieur Wingleton ?

— Ho, non, on ne parle pas d'une heure de colle, mademoiselle Fallen !

Nina l'embrasse et lui dit qu'elle part réviser avec Vicky.

— Tu reviens ici après ?

— Dormir ?

— Oui entre autres.

James l'embrasse de nouveau et Nina part chez Vicky. Arrivée chez cette dernière, elle reçoit un message de James lui indiquant qu'il a glissé un double de ses clés dans son sac et qu'il l'aime. Elle sourit et raconte tout à Vicky et commence les révisions.

Chapitre 8

Lorsque James se réveille et tend son bras dans son lit, l'espace est vide, il se redresse d'un coup et se rappelle le SMS de Nina hier soir qui l'informe qu'elle reste dormir chez Vicky, car les révisions lui prennent beaucoup de temps. Il se lève, va se passer sous la douche, déjeune en vitesse et fonce à la fac. Quand il arrive, il voit Nina avec Vicky, Brian et Carl. Il claque la porte de sa portière en sortant. Il le sait qu'il ne devrait pas réagir en gamin comme ça, mais c'est plus fort que lui. Si sa famille le voyait, lui, le professeur de littérature française qui faisait tourner la tête de n'importe quelle femme, qui avait celles qu'il voulait à ses pieds ! Le voilà amoureux d'une jeune femme de 20 ans et, en plus, il se retrouve en pleine crise de jalousie. Il secoue la tête passe à côté du groupe et se dirige en salle des profs. La sonnerie retentit lorsque James se rend à son cours. Dans les couloirs, les étudiants sont rentrés. Une porte s'ouvre devant lui et il est attiré dans le local. Il commence à vouloir rétorquer, mais sent une main sur son torse et une autre sur sa nuque. Il reconnaît immédiatement la personne et l'embrasse avec fougue, lui caresse la taille, les hanches et sa main descend sur ses cuisses. Il commence à soulever sa jupe, mais la main de la fille l'arrête. Il sourit.

— Tu sais que, si on nous surprend, on est bon pour un renvoi immédiat ?

— Je voulais me faire pardonner de t'avoir posé un lapin hier soir. Mes révisions avec Vicky ont pris plus de temps que prévu.

— Je ne t'en voulais pas, Nina...

James l'embrasse de nouveau et sort en premier du placard. Nina sort cinq minutes après lui. Elle arrive en retard en cours, mais trouve une place à côté de Vicky. Elle explique ce qu'elle vient de faire à cette dernière.

— Le coup du placard ? Il a dû aimer !

— Chut ! Mais oui, il a aimé !

À midi, Brian et Carl rejoignent les filles pour manger.

— Pourquoi Carl traîne toujours avec Brian ?

— Je ne sais pas, mais... ça ne me dérange pas !

— Tu as un faible pour lui ?

— Tu ne le trouves pas plutôt mignon ? Ha, oui, c'est vrai, tu les préfères plus matures !

Nina donne un coup de coude à son amie pour qu'elle se taise, car les deux garçons sont proches. Brian s'approche de Nina en lui proposant d'aller au cinéma le soir même.

— Je suis désolée, je ne peux pas.

— Libère-toi, il y a un super film d'action !

— Je ne peux vraiment pas et les films d'action, ce n'est vraiment pas ma tasse de thé ! Mais je te remercie quand même !

Nina commence à s'éloigner avec Vicky, mais Brian l'attrape par le bras, un peu violemment à son goût.

— Tu me fais mal, Brian !

— Je te demande juste une soirée, je ne t'ai pas demandé en mariage !

— Oui, mais moi, je t'ai dit non !

Carl et Vicky s'en mêlent et Brian lâche Nina pour s'en aller.

— Qu'est-ce qu'il lui prend ?

Carl se rapproche de Nina en lui expliquant que Brian a le béguin pour elle.

— OK, mais je lui ai dit hier que je n'étais pas célibataire. Il n'a pas l'air de comprendre !

Pendant ce temps à la cafeteria, James et l'aide-ménagère nettoient la carafe qu'il vient de casser. Effectivement, il a assisté à toute la scène entre Brian et Nina et il avait un pichet dans les mains. Ce dernier a fait un vol plané dans la cafeteria. Une fois tout nettoyé, il sort et va à la rencontre de Nina, mais elle est déjà partie. La journée se poursuit et James reste un peu plus longtemps à l'université suite à des réunions. Il a même oublié de prévenir Nina. En sortant, il fait nuit et James entend une dispute sur le parking. Ça ressemble à une querelle d'amoureux, mais il décide de s'approcher quand même.

— Je t'ai déjà dit que je n'étais pas célibataire et que, même si c'était le cas, je ne voudrais pas être avec toi !

— Je suis sûr qu'il y a un truc avec ce prof. Melissa a raison, il ne fait que te regarder et ça te plaît !

— Arrête de dire des conneries ! Tu as énormément changé depuis l'année dernière, je ne te reconnais plus du tout !

— Oui, j'ai juste envie d'être avec toi et plus, ce n'est pas compliqué à comprendre !

— Je n'en ai pas envie, Brian, je ne t'aime pas. Je t'adore en tant qu'ami, mais ça s'arrête là !

— Bon, je ne voulais pas en venir là, mais tu ne me laisses pas le choix... Si tu ne sors pas avec moi, je raconte à tout le monde que tu es gogo danseuse dans un club à la sortie de la ville ! Hé oui, je suis au courant depuis longtemps. Je fréquente ce club et j'ai reconnu ta tache de naissance, un soir, en haut de ta cuisse !

— Tu ne ferais pas ça, tu sais très bien ce que j'ai subi de la part de ce prof et tu veux faire pareil ?

— Je ne le ferai pas si tu sors avec moi, Nina !

— Jamais je ne sortirai avec toi et, depuis que je viens de découvrir cette facette de toi, je ne veux plus rester amie avec toi ! Ne t'approche plus de moi !

Nina part, mais Brian la rattrape et insiste. Nina commence à se défendre.

— Je ne te ferai pas de mal, je veux juste que tu sortes avec moi !

— Je pense qu'elle t'a dit quelque chose, non ?

Nina et Brian se retournent et voient James. Ce dernier se rapproche d'eux.

— Tiens, mais voilà le professeur qui se soucie de ses étudiantes.

— Oui, quand elles sont seules le soir et que des garçons dans ton genre les ennuient.

Brian commence à défier James du regard, mais ce dernier lève un sourcil.

— Écoute, jeune homme, tu devrais rentrer chez toi et étudier pour essayer de décrocher ton examen !

— Oui, comme ça vous pourrez profiter de certains avantages qu'offre votre poste. Quand le chat n'est pas là, les souris dansent, c'est connu !

— Et vous pensez sincèrement que c'est vous qui allez protéger mademoiselle Fallen ?

Brian s'approche de James et commence à vouloir lever son poing sur lui. Nina s'interpose.

— Tu es un grand malade ! Je n'ai aucune relation avec aucun professeur. Je n'aurai aucune relation avec toi maintenant. Si tu veux dire à tout le monde mon ancien métier, ne te gêne pas, mais je ne marcherai certainement pas dans ton chantage ! Maintenant, laisse-moi et laisse Ja... monsieur Wingleton, tranquille !

Brian monte sur sa moto et démarre dans un vrombissement sourd. Nina attend qu'il se soit éloigné et s'approche de James.

— Je suis vraiment désolée, il voulait... Enfin, je n'ai pas besoin de te faire un dessin.

— Non, effectivement ! Ne restons pas là, il est peut-être pas loin, rentre chez toi et...

— Chez moi ? Mais c'est loin, je pensais que... Laisse tomber, on se verra demain. Bonne nuit.

Nina ne laisse pas James répondre, monte dans le bus et, après une demi-heure de route, arrive à son appartement. Elle se déshabille, reste en culotte et top, puis déplie son canapé en lit et commence à s'installer devant la télé. Elle se relève pour regarder dans son frigo mais, à part une brique de lait et une pomme, il n'y a rien. Elle retourne sur son canapé-lit. Au bout de trois quarts d'heure, alors qu'elle s'endort, on frappe à sa porte. Nina se lève, ouvre la porte et voit dans un premier temps, dans son champ de vision, une poche, puis une voix s'élève.

— Je savais que tu n'aurais pas mangé et je voulais te voir !

La poche s'efface et laisse apparaître James. Nina le laisse entrer et ce dernier ne peut s'empêcher de regarder la façon dont elle est habillée. Elle s'empresse d'attraper une veste.

— Ça ne me dérange absolument pas, ma puce !

— Je n'en doute pas !

Nina remarque également que James a laissé tomber le costume trois-pièces et arbore un jean avec un simple tee-shirt, qui d'ailleurs fait ressortir ses abdos. Elle n'arrive pas à le quitter des yeux.

— Tu sais, ma puce, j'ai acheté à manger chez le traiteur !

Nina rigole et donne un coup dans l'épaule de James. Elle lui prend la poche et la pose sur une table de fortune devant son canapé-lit. Ils passent une grande partie de la nuit à parler de leurs passe-temps respectifs, de ce qu'ils aiment et de bien d'autres choses. Ils finissent par s'endormir dans les bras l'un de l'autre.

Au petit matin, Nina se réveille, seule, mais avec un mot de James près d'elle. Il lui dit qu'il a dû partir de bonne heure, un coup de téléphone du directeur de l'université l'a précipité dans son élan. Nina se lève, prépare un café et se dépêche, elle aussi, d'aller à la fac. Elle essaie d'appeler James mais, rien n'y fait, aucune réponse. Une fois arrivée, elle envoie de nouveau un SMS à James, en lui expliquant qu'elle s'inquiète. Il lui répond qu'il a dû aller chez le directeur, car des faits avaient été rapportés comme quoi il entretenait une relation avec une étudiante. Nina respire un grand coup, elle ne veut pas qu'il perde son boulot à cause d'elle. Elle se précipite à son tour chez le directeur. Ce dernier, assis à sa chaise, est surpris de la voir.

— Mademoiselle Fallen ? Que se passe-t-il ?

— Je viens vous parler de monsieur Wingleton !

— Je viens d'avoir une discussion avec lui à votre sujet, on m'a rapporté que...

— Je sais ce qu'on vous a rapporté et je sais également qui vous a dit ça ! Je tenais seulement à vous dire que monsieur Wingleton n'a rien fait, je suis la seule responsable !

— Comment ça ? On m'a dit que vous aviez une relation avec lui. D'ailleurs, deux personnes m'ont dit ça... et monsieur Wingleton m'a indiqué que c'était des accusations fausses. Je vais tout de même mener une enquête et...

— Ne vous donnez pas cette peine, je vais tout vous expliquer ! J'ai un métier à côté des cours...

— Oui, comme beaucoup d'étudiants.

— Mais moi je suis gogo danseuse ! Je sais que, pour l'image de la fac, si ça se sait, ce n'est pas très bon. Malheureusement, des personnes s'en sont aperçues et ont décidé de me rendre la vie dure. Alors oui, je suis tombée amoureuse de mon prof, comme beaucoup d'étudiantes dans ce monde, mais il ne se passe rien. Les personnes qui sont venues vous voir sont simplement jalouses. Ne vous en prenez pas à monsieur Wingleton, je suppose qu'il doit avoir d'autres admiratrices et qu'elles ne disent rien. Je vous en prie, il ne doit même pas le savoir, ou alors il reste très respectueux.

Le directeur reste silencieux et se s'assoit sur son siège. Il regarde Nina et lui sourit.

— J'apprécie votre franchise et je vois bien que vous voulez bien faire. Je vais donc vous laisser une deuxième chance. Évitez d'avoir ce genre de sentiments envers votre professeur et tout se passera bien. Quant à votre métier... je n'encourage pas une jeune fille de votre âge à faire ça, mais tant que cela ne se sait pas, je ne vois pas qui aurait le droit de vous interdire de le pratiquer. Par contre, pour donner un exemple vis-à-vis des sentiments que vous éprouvez envers votre professeur et aussi des personnes qui sont venues me voir, je vous renvoie trois jours. J'espère que vous comprendrez ma démarche, mademoiselle.

— Je la comprends tout à fait et je ne vous en veux pas, monsieur, merci de ne pas me renvoyer définitivement. Bonne journée à vous.

Nina quitte le bureau du directeur et va sur le parking. Elle y croise Vicky et lui explique tout. Vicky écarquille les yeux.

— C'est Brian et Melissa ? J'en suis sûre !

— Moi aussi, mais ils ne perdent rien pour attendre ! La vengeance est un plat qui se mange froid et crois-moi que je vais leur faire payer !

— Comment tu vas faire avec James ?

— Déjà, je vais devoir lui en parler. Je passerai chez lui ce soir, après mon travail à la blanchisserie.

— Tu dois l'aimer... Tu as failli sacrifier tes études pour lui...

— Oui...

Vicky salue Nina et part en cours. Quant à cette dernière, elle va à l'arrêt de bus pour se rendre, plus tôt, à la blanchisserie.

James fait tout son cours mais, très surpris de ne pas voir Nina, il arrête Vicky à la fin du cours et lui demande où elle est.

— Vous n'êtes pas au courant ?

— Au courant de quoi ?

Vicky remarque que Brian et Melissa passent à côté d'elle en rigolant. Cette dernière regarde James.

— Votre protégée s'est fait renvoyer trois jours ! Ce n'est pas facile tous les jours, d'être en couple avec vous.

Melissa et Brian partent en rigolant. Le jeune homme regarde James et, dans un murmure, lui dit qu'il avait prévenu qu'il se vengerait. James tape du poing sur la table et écoute le récit de Vicky en entier.

— Mais elle est idiote ou quoi ? Elle aurait pu se faire virer définitivement. J'ai moins à perdre qu'elle, elle ne se rend pas compte, elle... elle...

— Elle est amoureuse, c'est tout, et elle a cru bien faire ! Bonne journée, monsieur Wingleton !

Vicky sort et James reste seul. Ce dernier se pose plein de questions sur sa relation avec Nina. Oui, il l'aime, mais elle n'a que 20 ans et il ne veut pas mettre l'avenir de la jeune fille en péril pour une histoire d'amour. Il doit tout cesser, même s'il doit en souffrir. Elle ne doit pas gâcher son avenir pour lui. Il l'aime et, pour cette raison, il va la protéger, mais à sa façon. Il ne doit plus être avec elle, arrêter de la voir, arrêter cette relation.

Nina sort de la blanchisserie et appelle James. Depuis le début de la journée, elle n'arrive plus à le joindre. Elle décide d'aller chez lui. C'est un homme complètement différent qui lui ouvre la porte.

— Bonjour, mademoiselle Fallen. Que puis-je pour vous ? Je pense que le directeur vous a expliqué que pendant les trois jours de votre renvoi, vous devez tirer un trait sur vos sentiments à mon égard.

Nina recule un peu. Elle est déconcertée, elle regarde par-dessus l'épaule de James et remarque qu'il est en plein repas avec des collègues, deux jeunes femmes et un homme. Tout le monde rigole et James s'excuse auprès de Nina et lui explique qu'il faut qu'elle rentre chez elle et le laisse. Il lui ferme la porte au nez. Nina reste dix minutes sans bouger. Elle ne comprend plus rien. Elle sort du bâtiment et erre dans la rue. Elle marche pendant vingt minutes, prend un bus, rentre chez elle et se passe sous la douche.

Elle n'arrive plus à réfléchir. Que se passe-t-il ? Il y avait ses collègues, a-t-il eu peur ? Nina se précipite pour lui envoyer un SMS. Au moins, il répondra peut-être, à l'abri des regards de ses collègues, mais ses SMS restent sans réponse. Enfin, au bout de deux heures, elle reçoit un long SMS de James. Ce dernier lui explique que leur relation est finie, ils ne peuvent plus être ensemble, que cette entrevue avec le directeur lui a fait comprendre qu'il ne devait pas avoir une relation avec ses étudiantes, qu'elle avait raison, qu'il l'avait prise sous son aile, car il avait eu pitié d'elle. Elle devait être avec un garçon de son âge, il ne pouvait pas être avec une femme « comme elle ». Nina laisse tomber son portable et se met à pleurer toutes les larmes de son corps. Elle ne sait plus où donner de la tête. Son monde s'écroule, elle avait enfin réussi à trouver un homme en qui elle avait confiance, à qui elle s'était offerte et voilà qu'en fait, ce n'était qu'une illusion. À l'heure actuelle, le seul endroit qui peut lui faire tout oublier ce passage de sa vie... c'est le club ! Elle s'habille et fonce là-bas. Quand elle y arrive, les filles lui sautent dessus en lui demandant si tout va bien. Elles sont contentes de la voir.

— Je dois voir Paolo !

Le patron du club arrive dans la loge et Nina ferme la porte. Elle lui explique qu'elle n'est pas bien, qu'elle est au fond du trou, qu'un mec l'a trahie et qu'elle a peur de faire une connerie.

— Une connerie ? Je ne comprends pas... ou du moins, j'espère que ce n'est pas ce que je pense.

Nina s'effondre dans les bras de son patron. Ce dernier lui caresse les cheveux et la prend par les épaules.

— Tu ne dois pas être malheureuse pour un mec, il n'en vaut pas la peine. Tu es un diamant à l'état pur. S'il n'est pas capable de le voir, c'est que c'est un con et qu'il ne te mérite pas ! Tu sais ce que tu vas faire ce soir ? Tu vas aller danser sur scène, ça va te faire du bien, j'en suis sûr !

Nina lui sourit et acquiesce. Elle retourne dans sa loge et enfile de nouveau son costume de Liz. Elle se maquille et va sur scène danser. Une fois de retour en coulisses, les filles lui demandent de remplacer une collègue à elles dans leur show. Nina accepte. Les cinq filles se mettent sur scène et commencent le show. La salle est comble, la musique retentit et les déhanchements des filles attirent tous les regards. Nina connaît la chorégraphie, elle a appris en même temps que les filles pendant les répétitions. Les filles descendent et « jouent » avec les clients. Nina aperçoit une table avec deux hommes et deux femmes. Nina n'a aucun mal à reconnaître James. Ce dernier a l'air surpris. Il appelle discrètement le serveur.

— La jeune Liz travaille toujours ici ?

— Liz ? Je ne sais pas, mais si elle est là, c'est que oui ! Vous voulez boire quelque chose ?

Les deux femmes commandent un mojito et l'homme qui accompagne James un ricard. James regarde le serveur.

— Un whisky... un double de préférence !

À la table, les collègues de James sont étonnés de le voir commander ça et surtout avec la gorge serrée. Le show continue et les filles passent entre les clients. Nina arrive à la table de James et se rapproche doucement de lui. Sa main passe sur ses épaules, puis va sur le collègue de James à qui elle fait pareil. Elle peut voir le regard de jalousie dans les yeux des deux femmes. Nina reste devant leur table pour la suite, il se trouve qu'il y a une barre de pôle dance devant. Nina se déhanche, se déchaîne et enchaîne des mouvements plus sensuels. Le collègue de James se penche vers lui.

— J'ai bien fait de t'emmener ici ! Par contre, j'ignorais que tu connaissais, petit coquin !

Nina ne peut s'empêcher de rigoler. Elle voit les femmes croiser les bras et faire la tête aux deux hommes. Elle s'approche doucement d'elles.

— Mesdames ? Comme apparemment vos cavaliers sont peu galants, à parler d'autres femmes devant vous, je vous propose de vous rapprocher de la scène, le clou du spectacle va vous plaire, croyez-moi !

Les femmes la remercient. Effectivement, cinq hommes viennent d'apparaître sur la scène. Ils sont tous vêtus en habits de pompier. Les filles remontent sur scène et Nina choisit un homme, Coll. Elle a déjà travaillé avec lui plusieurs fois. En la voyant, il a l'air surpris.

— De retour ?

— Je te raconte après. On danse ?

— Volontiers, ma belle !

Nina s'accroche à son cou et se laisse aller en arrière. Un ballet de danse sensuelle se forme avec les cinq femmes et les cinq hommes. Les femmes défont les vêtements des hommes sous les applaudissements du peu de femmes de la salle. Lorsque Coll se retrouve un boxer, Nina met ses jambes autour de sa taille et finit sa danse en se projetant en arrière. Elle est retenue par la main du jeune homme qui est au creux de ses reins. La lumière s'éteint et tout le monde part en coulisses, Coll rattrape Nina.

— Bon, tu m'expliques maintenant !

— Je ne comprends pas de quoi tu veux parler, je suis juste là pour aider les filles et...

— Je ne te parle pas de ça, mais de l'homme que tu essaies de rendre jaloux. Il a failli me tuer en pleine représentation et, vu le gabarit, je ne veux pas m'y frotter !

Nina s'assoit et explique tout à Coll. Les larmes lui montent. Il s'assoit près d'elle et la prend par les épaules.

— Si tu veux mon avis, il n'agit pas comme un ex, il y a toujours un truc entre vous ! Il ne m'aurait pas regardé comme ça, sinon...

Nina se jette dans ses bras et pleure. Elle enfouit sa tête dans son cou. Coll la serre contre lui. De l'autre bout des coulisses, un homme debout assiste à la scène. Il voit Nina en sous-vêtements dans les bras de ce danseur. Ses ongles rentrent dans sa main lorsqu'il ferme les poings, puis une voix lui fait tourner la tête.

— Bon, James, tu viens ? Je doute qu'une visite des coulisses soit organisée !

— J'arrive tout de suite !

James part et, après avoir déposé ses collègues, puis refusé les avances de l'une d'entre elles, rentre chez lui. Il se sert un martini et ouvre sa baie vitrée pour contempler la ville. Il se met à penser tout haut :

— Ma famille, mes frères avaient raison : les femmes sont du poison ! Je suis trop fleur bleue, j'aurais dû m'en douter qu'elle se trouverait quelqu'un aussi vite ! Toutes les mêmes ! Je pensais toutefois que Nina était différente... si forte et fragile à la fois, si attentionnée, si belle, si intelligente. Pourquoi je suis encore tombé dans le panneau ? Elle a bien réussi son coup ! Elle a dû aller voir le directeur pour se donner une bonne conscience, pour ne pas me faire virer !

James va sous la douche et pose sa tête sur la paroi, qu'il caresse en repensant à la fois où il a fait l'amour à Nina ici même. Il en va de même dans son lit, il y a même encore le parfum de la jeune fille. James se lève de fureur, enfile un jogging et va courir dans le parc à côté de chez lui. Il court jusqu'au lever du jour. Aujourd'hui est un nouveau jour et pourquoi pas s'offrir du bon temps avec la jolie prof qui lui fait du rentre-dedans depuis le début.

Chapitre 9

La journée se passe et James a invité Claire, la professeure de 29 ans, à une cérémonie le soir même. Il lui explique qu'il lui faut une cavalière et évidemment elle se porte volontaire.

— Mais, James, sur quoi porte cette cérémonie ?

— Je ne sais pas trop, c'est une œuvre caritative qui cherche des fonds, je crois, et j'y vais pour représenter ma famille.

— Je te suis. Et après la soirée ?

— On verra !

James lui adresse un sourire charmeur et Claire fait sa midinette. Elle se dandine en montant dans sa voiture et fait un petit signe à James en partant. Lui, de son côté, repart dans son appartement. Il se passe sous la douche et va s'habiller. En enfilant son costard, il se regarde dans la glace et se demande ce qu'il est en train de faire. Il n'arrive pas à oublier Nina, il veut la sentir sous ses mains, la sentir gémir sous lui. Il monte dans sa voiture et passe chercher Claire. Il descend et lui ouvre la porte. Cette dernière est habillée avec une somptueuse et provocante robe rouge fendue jusqu'en haut de la cuisse. Elle a un décolleté plongeant et un maquillage un peu trop prononcé. Elle regarde James avec un regard plein de sous-entendus. Ce dernier se contente de lui sourire et referme la porte derrière elle. Arrivé devant le château dans lequel la cérémonie est célébrée, James gare sa voiture et fait descendre sa cavalière. Cette dernière lui prend le bras et s'affiche avec lui. Beaucoup de femmes la regardent. Cette dernière redresse la tête et chuchote à James :

— Tu as vu, elles sont jalouses !

— Non, je pense juste qu'elle regarde ta tenue !

— Ma robe est magnifique et...

— Elle n'est pas très appropriée pour cet endroit. Je t'ai expliqué que c'était une œuvre caritative, non une boîte de nuit !

Claire le prend mal, mais ne se décolle pas de James. Ils arrivent devant la porte et James s'annonce. Le portier lui indique de voir avec une des organisatrices pour le placement. James cherche du regard les organisatrices et, une fois que son regard en trouve une, il reste figé. La femme devant lui est somptueuse, elle porte une longue robe bustier bleu-violet avec une voile transparente en guise de traîne, des gants blancs, un collier qui descend à la naissance de ses seins. Ses cheveux sont remontés en chignon et laissent échapper quelques mèches folles. À ses oreilles, des boucles en forme de gouttes agrémentent sa tenue. James n'arrive pas à détacher son regard d'elle, c'est Claire qui le ramène à la raison.

— James ?

— Oui, je vais voir où nous sommes assis.

James se rapproche de la jeune femme en question.

— Ni... Nina ? J'ignorais que tu étais ici ? Que tu organisais tout ça ? Que tu...

— Monsieur Wingleton ? Vous et votre... compagne êtes à la table 103 !

James est malheureux du ton froid de Nina, mais il le sait, il l'a cherché, c'est de sa faute. Claire se rapproche de Nina et James, elle le prend par le bras.

— Mais c'est Nina ! Vous faites un travail à mi-temps ici ? C'est bien ! Nous sommes invités James et moi !

Nina sourit à Claire.

— Bonsoir, mademoiselle. Non, je ne travaille pas à mi-temps, c'est mon association qui a organisé cette cérémonie. Nous avons réuni quelques familles importantes et je suis ici pour réunir des fonds afin d'aider des sans-abri. Quant à votre invitation, sachez que j'ai précisé à monsieur Wingleton que votre table était la 103. Bonne soirée !

Claire entraîne James dans la salle et les regards se posent de nouveau sur Claire, mais également sur James. Beaucoup de personnes se lèvent au passage de ce dernier et lui serrent la main. Ils regardent également la compagne de James. Une fois à leur table, Claire est tout émoustillée et se penche vers James.

— C'est génial, cette soirée ! Je ne pensais pas que je pouvais m'amuser avec des gens guindés. En plus, vu leurs regards, ils m'apprécient !

Au même moment, une voix s'élève près d'eux.

— Ce que les gens regardent, c'est votre tenue ! Disons que ce n'est pas le genre de robe qu'on porte ici !

Claire relève la tête et voit Nina. Cette dernière commence à s'éloigner, mais Claire la rattrape.

— Dites, mademoiselle Fallen, je vous rappelle que je suis un professeur de la fac et...

— Je vous arrête tout de suite : ici, vous êtes la femme qui accompagne monsieur Wingleton, en aucun cas vous n'êtes une professeure ! Bonne soirée !

Claire, vexée, repart à sa chaise. James la supplie d'arrêter de faire un scandale. La cérémonie commence et c'est Zoé qui prend la parole la première pour représenter l'association. Elle est suivie de Karin et enfin Nina. Cette dernière explique la difficulté des sans-abri à avoir accès à la culture, à un endroit décent pour dormir et manger. Elles expliquent également que le bâtiment dans lequel elles sont va être détruit, ordre du maire. Elles ont trouvé un terrain à acheter et qui est constructible. Elles exposent leur projet de faire des dortoirs, des cafeterias, des petites chambres, des petites salles de cours, ouvrir un centre de formation à l'intérieur. Une main se lève, un homme d'une quarantaine d'années plonge son regard dans celui de Nina.

— Bonsoir, je suis Jeff. Votre projet est vraiment magnifique et humain. Je suis prêt à discuter avec vous et à investir dans votre projet !

Plusieurs personnes se lèvent et font également des offres de prix. Les trois filles entendent des chiffres qui donnent le vertige. Elles entendent parler d'un million par-ci, de cinq cent mille euros par-là, d'un million cinq de l'autre côté. Il y a un grand brouhaha, lorsqu'un homme parle plus fort que les autres.

— Pour ce projet magnifique, j'offre 4 millions d'euros !

Tout le monde se retourne vers l'homme et Nina voit James se lever et commencer à partir. Il ne fait même pas attention à Claire qui le suit désespérément. Il l'arrête dans le hall.

— Je vais t'appeler un taxi, rentre chez toi.

— Mais on devait passer la soirée ensemble…

— Non, tu voulais passer la soirée avec moi, mais je ne peux pas. Je sors d'une relation sur laquelle je m'aperçois que je n'ai pas tiré un trait ! Rentre chez toi !

Claire est furieuse, elle traverse le hall et sort dehors. Elle monte dans un taxi et s'en va. James la regarde partir.

— Pourquoi ?

James se retourne et voit Nina. Elle est magnifique.

— Pourquoi quoi ?

— Pourquoi avoir investi dans mon projet ?

— Tu ne me demandes pas d'où sortent ces 4 millions, mais plutôt ce qui m'intéresse dans ton projet ?

— Tu es un Wingleton et aujourd'hui j'ai eu la vérité, enfin l'histoire de ta famille, donc, non, je ne te demande pas d'où ça vient !

— Dans ce cas, je vais te dire : ton projet est très prometteur, vu le nombre de sans-abri dans les rues. Un endroit pour qu'ils puissent se reposer tranquille, pour qu'ils puissent manger à leur faim leur fera du bien, surtout que je suppose qu'il doit y avoir de jeunes personnes dans la rue. Ensuite, tes salles de cours et de formation sont prometteurs vers un retour à l'emploi pour eux, donc, pour ma famille et moi, cet investissement est un bon choix !

Nina ne dit rien et regarde James s'éloigner. Ce dernier ne peut pas s'empêcher de se retourner et de lui parler une dernière fois.

— Et je voulais revoir tes yeux... Bonne soirée, mademoiselle Fallen.

Nina ne bouge pas. Elle est secouée par ce qu'il vient de lui dire. Elle en a marre. Que veut-il, jouer avec elle ? Non, ça ne se passera pas comme ça ! Elle court après lui, et le voit au moment où il rejoint sa voiture.

— J'en ai marre de tes petits jeux. Je ne veux pas souffrir, je ne suis pas un jouet ! Laisse-moi et ne t'approche plus de moi. Dommage que ce soit au nom de ta famille que tu sois venu, sinon j'aurais refusé ton argent ! Je ne veux plus te voir ! Bonne soirée, monsieur Wingleton.

James n'a pas le temps de répondre que Nina est déjà partie. Il monte dans sa voiture et prend la direction de son appartement. Il le mérite, il n'aurait pas dû réagir comme ça. Certes, il voulait la protéger, mais il s'est aperçu qu'elle est assez forte. Elle a réussi à s'en sortir seule face au directeur, elle s'en est toujours sorti avant qu'elle ne le rencontre, elle n'est pas intéressée par son argent. Il est perdu et sait qu'une seule personne peut l'aider. James fait demi-tour sur la route et fonce en direction de la campagne, plus exactement dans le village de Coolidge au Texas.

Pendant ce temps, Nina est rentrée chez elle et a tout raconté à Vicky. Cette dernière est sur la route pour lui rendre visite et surtout la soutenir. Quand elle arrive chez Nina, elle la trouve en larmes. Nina lui explique, avec plus de précision, la soirée. Elle ne sait plus où elle en est avec lui.

— Tu crois vraiment qu'il joue avec toi ? J'ai plus l'impression qu'il essaie de se rattraper, mais est maladroit dans sa façon de faire.

— Et si j'allais chez lui ? Non... c'est une mauvaise idée. Il m'a dit ça seulement pour me piquer, j'en suis sûre...

Nina et Vicky continuent de parler de James une bonne partie de la nuit. Le lendemain, Vicky s'en va pour rejoindre la fac, d'où elle envoie un SMS à Nina. Elle lui annonce que le professeur Wingleton n'est pas là pendant une semaine. Nina s'inquiète, elle envoie un SMS sur le portable de James en prétextant une erreur. Elle dit juste qu'elle s'est trompée de destinataire. Il ne lui répond pas. Nina va sous la douche, sort et se regarde dans le miroir. Elle doit continuer de vivre, elle n'aurait jamais dû refaire confiance à quelqu'un. Elle sort de chez elle et se rend à son travail.

Pendant ce temps, James s'est rendu dans une propriété à Coolidge. C'est un magnifique ranch qui arbore un immense manoir au bout d'une allée. James se retrouve dans le manoir face à une femme d'une élégance inégalée. Elle regarde James avec beaucoup de tendresse.

— Mon cher fils, que se passe-t-il ?

— Rien de spécial, mère ! Je venais vous dire bonjour !

— Mon fils, je te connais bien, tu n'as pas fait une heure et demie de route pour me dire bonjour, même si je ne doute pas de tes sentiments à mon égard, mon enfant.

— Je suis perdu, mère...

— Je savais bien qu'un truc n'allait pas. Dis-moi tout !

— Une femme.

— Je ne sais pas pourquoi, mais je m'en doutais ! Méfie-toi, tu sais ce qui s'est passé avec ton ex. Elle n'était intéressée que par l'argent et...

— Justement, elle ne s'intéresse pas à mon argent. Elle a découvert hier soir qui j'étais exactement et ce n'est pas une fille comme ça.

— Explique-moi qui elle est.

— Elle s'appelle Nina Fallen, elle a 20 ans.

— Vu son âge, je suppose que c'est une de tes étudiantes.

— Oui, ne me juge pas.

— Jamais, raconte-moi toute l'histoire.

— La première fois que je l'ai vue, j'ai failli la renverser, elle a traversé la route sans regarder. Je suis sorti de la voiture et je lui ai dit ma façon de penser. Ce à quoi je ne m'attendais pas, c'est qu'elle ait du répondant. Ensuite, je l'ai vu dans mon cours et... dans le club privé où j'ai été avec des collègues.

— Club privé ?

— Oui, mère, un club ou des filles dansent en tenue légère. Je me suis aperçu que c'était une gogo danseuse. Elle n'a pas eu une enfance facile, sa mère l'a abandonnée à 3 ans et son père l'a foutue à la porte à 17 ans. Elle a survécu dans la rue, puis à trouver un emploi en tant que gogo danseuse. Elle a également trouvé un emploi dans une blanchisserie, a un petit studio et jongle avec ses cours. Plus tard, elle veut parcourir le monde et offrir la connaissance à ceux qui ne peuvent pas se l'offrir.

— Je vois, cette jeune fille a beaucoup de courage. Elle est déterminée et, vu comme tes yeux brillent quand tu parles d'elle, je suppose qu'elle doit être très belle. Je peux comprendre que tu sois tombé amoureux d'elle. Et c'est quoi ton dilemme ?

— Je crois que j'ai fait une bêtise et qu'elle m'en veut. Elle ne veut plus me voir...

— Qu'as-tu fait de si grave ?

— En fait, il y a des étudiants qui nous soupçonnent d'avoir une relation, dont un type qui veut sortir avec elle. Ils sont allés voir le directeur, j'ai même été convoqué. Bien sûr, j'ai tout nié en bloc, mais il a quand même dit qu'il ferait une enquête. Nina l'a appris et a foncé dans son bureau en disant que je n'y étais pour rien, que c'était juste l'histoire d'une simple étudiante tombée amoureuse de son prof, comme ça arrive plein de fois dans les facs. Elle a été virée durant trois jours. À partir de ce moment-là, je me suis dit que je ne devais pas nuire à ses études, que je devais rester loin d'elle...

— Et donc ?

— Je ne l'ai plus rappelée. J'ai invité des collègues à la maison. Je me suis comporté d'une façon distante avec elle. Je suis même retourné au club où elle travaillait me changer les idées, mais je ne pensais pas la trouver là-bas ! Elle m'avait dit qu'elle arrêterait d'y travailler, mais elle y était !

— Normal, tu m'as dit que c'était un peu comme sa deuxième famille. Donc, quand elle a cru que tout était fini avec toi, elle est allée se réconforter auprès d'eux.

— Oui, peut-être, mais elle a dansé avec ce type, elle le collait et lui ne se gênait pas pour la caresser, pour la toucher !

— Ça ressemble à une vilaine crise de jalousie, mon cher fils.

— Je ne sais pas, mais je ne veux pas qu'on la touche, tu comprends ? Ensuite, j'ai invité une collègue à cette cérémonie, mais une fois encore, Nina était là ! J'ignorais que la cérémonie concernait l'œuvre caritative pour laquelle elle est bénévole...

— Oui, d'ailleurs, j'espère que ce n'est pas que pour ses beaux yeux que je dois faire un chèque de 4 millions !

— Tu es déjà au courant ?

— Penses-tu ! Une somme pareille, j'ai été prévenue aussitôt.

— Son projet vaut le coup. Tu me connais mère, je me suis fait avoir une fois par une femme pour ma fortune, mais pas deux. Elle veut construire un refuge pour les sans-abri, qu'ils puissent s'abriter du danger que représente la rue, des salles de cours pour qu'ils puissent étudier, un centre de formation pour les réinsérer dans la vie sociale.

— Bon, je vois que tu as étudié la question, mais... 4 millions étaient nécessaires ?

James passe la main dans ses cheveux et se rapproche de l'immense porte-fenêtre.

— Je dois t'avouer que je l'ai fait pour deux raisons. La première est que, sur place, il y avait le fils des Richards ! Il était en train de l'examiner de bas en haut et a proposé 1,5 million !

— Ha, la fierté masculine ! Bon... et la deuxième ?

— Je me suis dit qu'en voyant tout cet argent que je lui donnais, elle reviendrait... mais à la place, elle m'a dit qu'elle ne voulait plus me voir.

James appuie sa tête contre la porte-fenêtre et ferme les yeux.

— Mère... Je l'aime sincèrement, je n'arrive plus à vivre sans elle, sa voix, son parfum, son sourire... je sais qu'elle n'est pas comme notre famille, mais...

— James Wingleton ! Je t'interdis de dire ça ! Je n'ai jamais jugé vos copines à toi ou tes trois autres frères, même si la vie ne vous a pas fait cadeau avec les femmes, mais je sens que cette Nina Fallen a quelque chose. Quant au fait de savoir d'où elle vient, je ne vais pas te rappeler d'où je viens moi... Vous connaissez tous l'histoire de votre père et moi... Je n'étais qu'une vulgaire prostituée... J'ai eu de la chance de vivre un rêve a la *Pretty woman* avec votre père.

— C'est marrant que tu dises ça... Nina m'a cité cette référence cinématographique, mais dans l'autre sens. Elle m'a dit qu'elle ne voulait pas de ma pitié et qu'elle n'attendait pas une fin à la *Pretty woman*.

— Bon, déjà, cette femme a du goût niveau films !

James et sa mère se mettent à rire, lorsque la porte s'ouvre. Un homme, bien bâti, fait son apparition et s'approche de James. Ce dernier le prend dans les bras.

— David ! Ça fait du bien de te voir !

— C'est clair, vieille branche ! Alors, quoi de neuf ? Tu viens faire quoi dans le pays des chevaux ?

David est un des frères de James, il a deux ans de moins que lui.

— J'avais besoin des conseils de mère.

— Ne me dis pas qu'il y a une femme en dessous ? Ne te fais pas avoir de nouveau !

— Non, David... celle-là, c'est LA femme de ma vie. Je sais, c'est idiot, on ne se connaît pas depuis longtemps, mais... c'est elle, je l'attendais...

— Enfin, l'autre avant aussi ! Fais gaffe, c'est tout...

— Ne t'inquiète pas ! Et toi, toujours pas de femme ?

— Si !

David s'approche de sa mère et l'embrasse tendrement sur la joue.

— La seule est l'unique ! Elle ne me trahira jamais !

— Merci mon chéri, tu sais toutes les femmes ne sont pas les mêmes. Je suis sûre que tu feras comme ton frère, tu tomberas sur la bonne un jour.

— Mouais... En attendant, je retourne à mes chevaux ! Tu restes combien de temps parmi nous, James ?

— Trois, quatre jours.

— Super, on parlera du bon vieux temps, à plus !

David sort du salon et James se remet à discuter avec sa mère.

Pendant ce temps, à Dallas, Nina s'est remise à travailler à plein temps au club, ça lui permet de se changer les idées. Elle est retournée à la fac après son renvoi et ne s'approche plus de Brian. Ce dernier s'est excusé, mais Nina ne veut plus le voir. Quant à Melissa, elle rigole à chaque fois qu'elle la croise. Vicky lui dit de laisser tomber, c'est un comportement puéril, digne d'une cour de lycée. Nina n'a pas envoyé de SMS à James et ce dernier non plus. Le soir, quand elle se retrouve seule dans son appartement, elle pleure. Elle n'aurait pas dû lui parler comme ça, elle n'aurait pas dû lui dire qu'elle ne voulait plus le voir. En même temps, c'est lui qui se promène avec une autre femme à ses bras, c'est lui qui l'évite et lui parle avec froideur. Nina est perdue. La semaine passe et le lundi suivant James est de retour à la fac. Le cours se passe normalement. À la fin, Nina fait exprès de prendre un peu de temps, mais elle voit James ranger ses affaires et sortir de l'amphi en même temps que les étudiants. Elle se rend à l'évidence, c'est fini. À midi, avec Vicky, elles se rendent sur le terrain d'athlétisme pour courir.

— Nina, je ne suis pas une grande sportive, moi...

— Pour moi... je dois rester en forme physiquement pour mon métier et je n'aime pas courir seule.

— C'est bon, ne bataille pas, je vais courir avec toi !

Les filles se mettent à courir, mais Vicky s'arrête très vite et va se placer sur les bancs. Nina met son casque sur les oreilles et continue de courir. Plein de souvenirs avec James lui reviennent en tête, dont la première fois qu'elle a fait l'amour avec lui. Sentir les doigts de James parcourir son corps... Elle s'arrête d'un coup et tombe à terre en larmes, Vicky se précipite et la prend dans ses bras. Elles vont au milieu du terrain récupérer leurs affaires et rentrer dans la fac. Non loin de là, un homme a assisté à la scène. James regarde le terrain et, en voyant Nina tomber en larmes, n'a qu'une envie : la prendre dans ses bras, l'enlever et la protéger tout le restant de sa vie. Il sait qu'à la fac il ne peut rien faire, que si on le voit, l'avenir de Nina et le sien sont fichus. Nina et Vicky rentrent dans la fac, elles vont se changer et finissent leur journée. Vicky propose à Nina de venir réviser chez elle.

— Au fait, tu ne vas pas à la blanchisserie ?

— Elle m'a renvoyée... Je suis arrivée en retard l'autre jour et je me suis disputée avec elle...

— Je t'ai dit que tu pouvais venir vivre avec moi ici !

— Tu habites loin du club, j'aurais une demi-heure pour rentrer le soir en plein centre-ville...

— C'est comme tu veux, mais tu es la bienvenue, tu le sais !

Nina approuve et les deux commencent les révisions. Au bout de quinze minutes, on sonne à la porte. Vicky se lève et va ouvrir. Nina entend un grand cri de surprise, se précipite et regarde le livreur face à elle.

— Vous êtes bien Nina Fallen ?

Nina hoche la tête. Le livreur rentre et compte sa livraison, puis lui tend un document.

— Cent roses rouges pour mademoiselle Fallen ! C'est fait, signez en bas !

Nina signe et le livreur s'en va. Vicky reste la bouche ouverte. Elle demande à son amie s'il y a un mot. Nina attrape le papier sur le bouquet principal et lit le message à haute voix.

Pardon.

— Il n'y a pas de signature, il n'y a rien d'autre ?

— Non...

— Je suis sûr que c'est lui, c'est James.

— Peut-être Brian, avec ce qui s'est passé...

— Ne te voile pas la face, je ne vois pas Brian faire ça et puis... il faut les payer et je doute qu'il fasse ça et qu'il en ait les moyens...

Nina prend le bouquet principal et le respire. Elle va à la fenêtre et voit une voiture noire. Un homme est appuyé. Elle le reconnaît. Il lui sourit et remonte dans sa voiture pour s'en aller. Vicky court à la fenêtre et regarde Nina.

— Brian ?

Nina donne un coup de coude à son amie en souriant et les filles cherchent des récipients dans tout l'appartement pour pouvoir ranger les roses. La nuit arrive. Vu qu'elle ne travaille pas au club, Nina décide de dormir chez Vicky.

Chapitre 10

Nina passe la semaine à recevoir des cadeaux plus somptueux les uns que les autres, en passant par des robes, des bijoux, d'autres fleurs. Samedi matin, alors qu'elle se rend à la mairie pour le terrain à acheter, elle croise Brian. Ce dernier veut prendre un café avec elle. Malgré ce qui s'est passé, elle accepte. Brian s'excuse une nouvelle fois, il lui explique qu'il est amoureux d'elle et qu'il a cru qu'elle avait une liaison avec James.

— De là a essayé de me faire renvoyer ! Je n'appelle pas ça de l'amour, Brian !

— Je suis vraiment désolé, mais comprends-moi, tu n'as jamais voulu sortir avec un gars de la fac ou même au lycée, et là il arrive et tu tombes amoureuse de lui... Je suis jaloux, c'est tout !

— Ce que tu as fait est vraiment stupide. Tu as failli me faire renvoyer !

Brian rapproche sa main de la joue de Nina et s'excuse encore. Cette dernière se recule en lui expliquant qu'ils sont bon copains et que la situation ne changera pas.

— Tu ne veux pas qu'on essaie tous les deux ?

— Tu m'as invitée pour ça ?

— Oui, je voulais te dévoiler mes sentiments.

Nina paye sa part et se lève. Elle lui explique qu'il faut qu'il cherche une fille bien, une fille qui lui convienne et qui soit amoureuse de lui. Elle sort du café, mais Brian la rattrape et se met à parler fort.

— Mais je crois que tu ne comprends pas. Je ne veux pas d'une autre femme, c'est toi que je veux et je t'aurai !

— Tu te fais du mal pour rien, Brian !

— Je te vois danser au club pour les autres hommes. Je suis sûr que je pourrai te faire danser sur moi, ma belle !

— Tu me dégoûtes au plus haut point. Jamais je ne sortirai avec toi, plutôt aller en enfer !

Brian se rapproche de Nina et lève sa main, mais elle se retrouve immédiatement bloquée. Il se retourne et se trouve nez à nez avec un homme qui le regarde dans les yeux.

— Prochaine fois que tu t'en prends à mon amie, je peux te jurer que je te fais traverser la ville avec mon poing dans la figure !!

Brian respire un grand coup, se défait de l'homme et s'en va. Ce dernier se rapproche de Nina.

— Tout va bien ? Je ne savais pas si tu voulais que j'intervienne... mais il était prêt à te gifler et...

— Tu as bien fait, Coll, je te remercie, mais, que fais-tu dans le quartier ?

— Je vais chercher deux cafés. On se met sur le banc et je t'explique !

Coll rentre prendre deux cafés et rejoint Nina. Il le lui donne et s'assoit près d'elle. Il lui explique que, s'il est dans le quartier, ce n'est pas anodin. Il lui montre un bâtiment. Dedans, il y a des cours de yoga. Il regarde sa montre, puis lui montre la fille qui en sort. Une magnifique jeune femme brune, avec une silhouette parfaite. Nina sourit.

— Ne me dis pas que tu as craqué pour elle ?

— Je viens ici tous les samedis matin. Elle a cours de yoga de 10h à 11h du matin et le dimanche après-midi, à l'étage au-dessus, elle a cours de peinture... Elle est si belle, mais... Tu vas te moquer, mais je n'ose pas lui parler !

— Un grand mec comme toi qui serait prêt à décoller une tarte à un gars dans la rue ne peut pas aller voir une fille ?

— Oui, mais ce n'est pas une fille... c'est elle...

— Tu ne sais pas comment elle s'appelle ?

— Non...

— Dans ce cas, je vais t'aider !

Nina fait signe à la jeune fille qui arrive en courant vers eux. Coll n'ose plus bouger.

— Nina ! Je te cherchais partout ! On va toujours faire du shopping après ?

— Oui, Vicky ! Par contre, je voudrais te présenter Coll, un collègue de travail.

Vicky regarde Coll et ce dernier plonge ses yeux bleus dans ceux de la jeune fille. Vicky rougit et devient toute timide.

— Heu... Bonjour, Coll, comment vas-tu ?

— Bonjour, Vicky, bien et toi ? Nina m'a dit que tu sortais d'un cours de yoga ?

— Oui, j'adore, ça me détend !

— Bon, désolée, Coll, mais on doit y aller, mais pour le repas ce soir, j'accepte. Par contre, Vicky peut venir ?

Vicky interroge Nina du regard et cette dernière lui dit que Coll lui propose d'aller au restaurant. Coll, prit au dépourvu, marche dans la combine de Nina, puis regarde Vicky.

— Tu es la bienvenue, Vicky.

— Dans ce cas, je viendrai.

Les deux jeunes filles s'en vont en laissant Coll savourer cette rencontre. Ce dernier se précipite pour envoyer un

SMS à Nina en la remerciant. Un homme s'approche de Coll.

— Bonjour, désolé de vous déranger, auriez-vous du feu ?

— Non, je suis désolé, je ne fume pas.

Coll lève la tête et reconnaît l'homme qui le fusillait du regard le soir où il dansait avec Nina.

— Je vous reconnais !

— Moi aussi ! Que faites-vous avec Nina ?

— Et vous, que lui voulez-vous ? Nina est une amie !

Coll s'en va et plante James. Ce dernier fulmine et rentre dans son appartement. Il se sert à boire et s'assoit dans son fauteuil. Il regarde son téléphone qui reste sans appel, sans SMS. Il le sait, Nina a reçu tous les cadeaux, mais pourquoi ne lui fait-elle pas signe ? Il ne comprend pas.

Nina, quant à elle, après avoir déposé le dossier pour acheter le terrain, retrouve sa copine pour faire les boutiques. Les deux filles parlent de Coll. Vicky avoue qu'elle le trouve très séduisant. La journée se passe et les filles se préparent le soir pour leur sortie au restaurant. Vicky regarde sa garde-robe, mais ne trouve rien de bien. Nina a une idée.

— J'ai eu une robe en cadeau cette semaine, tu vas la mettre ! La noire !

Vicky enfile la robe. Cette dernière est longue, noire, fendue jusqu'au genou et plongeante dans le dos. Nina lui prête également des bijoux et l'aide à se maquiller. Elle lui prête des escarpins et une longue veste avec une capuche.

— Tu te dévoileras au dernier moment !

La sonnette se fait entendre, Nina ouvre et se retrouve avec Coll. Ce dernier est en costard et a deux bouquets de fleurs à la main. Un blanc qu'il offre à Nina et un rouge qu'il offre à Vicky. Puis, il voit l'appartement rempli de fleurs.

— Je ne suis pas le premier...

Nina lui sourit et lui explique l'histoire. Coll l'informe également qu'il a vu James et explique son entrevue avec lui.

— Ne t'inquiète pas, il ne te fera rien.

— Tu n'es pas prête ? Tu ne viens pas avec nous ?

Vicky s'approche d'eux et Coll lui tend le bouquet tout en la regardant. Sa bouche est légèrement ouverte.

— Non, je ne viens pas. Je ne me sens pas très bien, mais je suis sûre que vous passerez une excellente soirée.

Vicky et Coll sortent de l'appartement. Nina éteint la lumière, va se blottir sous la couette et reprend sa série. Pendant ce temps, dans le noir, un homme espionne le couple qui descend. La femme porte une longue robe noire, des bijoux d'une grande valeur et des escarpins fabuleux. L'homme serre les poings et monte dans sa voiture. Le couple monte également dans une voiture et s'en va. L'homme qui n'est autre que James ne peut y croire : Nina sort avec un autre homme et en plus avec les cadeaux qui lui envoient ! Il est vraiment dégoûté. Il suit la voiture. Pendant tout le repas, il attend que le couple sorte. Au bout de trois heures, le couple remonte dans la voiture et retourne à l'appartement. Arrivé devant l'homme descend pour ouvrir à la femme. Après un bref échange, il échange un baiser langoureux. Pour James, c'en est trop. Il descend, s'interpose et frappe l'homme au visage. Une bagarre éclate sous les cris de la jeune fille. Dans la rue, beaucoup de personnes sortent, dont Nina qui était restée dans l'appartement. Elle voit le spectacle.

— James ! Coll ! Mais que se passe-t-il ici ?

James se relève, il voit Nina en nuisette dans la rue et sa meilleure amie avec la robe de soirée et, d'un coup, il comprend tout.

— Mais, tu avais prêté ta robe à Vicky... j'ai cru que... je suis désolé. Mon dieu, je...

— Tu peux être désolé, tu viens de gâcher le rendez-vous de ma meilleure amie, tu mets un de mes amis à terre et, en plus, tu me suis partout ! Tu attends quoi de moi, James ? Que je vienne vers toi en rampant ? Que je sois à tes pieds ? Que je fasse ce que tu désires ? Que je te pardonne ? Hé bien, non ! C'est fini, James, on ne m'achète pas ! Bonne soirée !

Nina repart dans l'appartement de Vicky, sans laisser le temps à James de se justifier. Ce dernier se penche pour aider Coll à se relever et s'excuser auprès de lui. Coll en fait de même.

— Moi aussi, je m'excuse pour votre œil, mais...

— Il n'y a aucun problème... je ne suis qu'un pauvre type...

James s'éloigne et Coll récupère Vicky dans ses bras. Cette dernière lui demande s'il peut la laisser, elle doit le voir. Il accepte, Vicky court vers James.

— Monsieur Wingleton ?

— Que voulez-vous, Vicky ?

— Vous n'êtes pas un pauvre type. Personne n'a fait, pour Nina, le quart de ce que vous avez fait. Sachez juste qu'on ne l'achète pas, Nina. Vos cadeaux sont magnifiques, mais jamais vous n'êtes venu la voir en chair et en os. À part la surveiller, c'est tout ce que vous avez fait.

— Mais elle me fait la gueule ! Je dois faire quoi de plus ?

— Je vous l'ai dit, lui parler ! Ce n'est pas une femme qu'on achète ! Nina est franche, sincère, humaine ! Elle a accepté vos cadeaux, mais pour elle, ce n'est que superficiel ! Vous auriez dû aller la voir...

— C'est fini... elle me l'a dit...

— Si je peux me permettre de vous interrompre, je connais Nina depuis un certain temps et, quand elle parle de vous, on voit cette lumière briller dans ses yeux. Vous êtes quelqu'un d'important pour elle. Ne jouez pas avec elle et, Vicky a raison, parlez-lui.

— Merci, Coll, merci, Vicky... Je vais essayer de m'en souvenir. Je suis désolé pour vous deux, bonne soirée.

James démarre sa voiture et s'en va. Derrière sa fenêtre, Nina le voit partir. Elle tombe à terre en pleurant. Au même moment, Coll et Vicky entrent. Cette dernière se précipite vers son amie. Elle la ramasse, la pose sur le canapé, la couvre, puis va voir Coll.

— Je suis désolée, mais je vais rester avec elle ce soir. On ira boire un dernier verre une autre fois, elle est importante pour moi...

— Oui, je te comprends. L'amitié, c'est sacré. Je te découvre de plus en plus et je m'aperçois que c'est une autre qualité que j'aime chez toi !

Coll embrasse Vicky tendrement et quitte l'appartement. Vicky se rapproche de Nina et la prend dans ses bras. Cette dernière pleure tellement qu'elle finit par s'endormir. Son sommeil est troublé par de nombreux cauchemars.

Le lendemain, elle découvre son amie Vicky sur le fauteuil avec une couverture. Cette dernière ne s'est même pas changée pour rester près d'elle. Elle lui sourit et va sous la douche. Elle y reste longtemps, elle a même l'impression d'entendre une sonnerie, mais n'y prête pas attention. Lorsqu'elle sort, elle retrouve Vicky, dans le salon, vêtue d'une magnifique robe dorée avec tous les accessoires et un carton d'invitation dans le plus grand restaurant de Dallas. Nina la regarde, puis voit l'écriture sur le carton. Elle reconnaît celle de James.

— Et voilà, encore en train d'acheter les gens ! Il n'en a pas marre ?

Nina recommence à parler des défauts de James et pense que son amie va la comprendre, mais au contraire, Vicky commence à s'énerver.

— Nina, tu sais que je suis de ton côté, tu sais que je te soutiens, mais... tu exagères ! James essaie simplement de refaire un pas vers toi. Il t'aime, ça crève les yeux. Tu t'entêtes à faire la fille qui lui en veut. Il ne faut pas exagérer. Il ne t'a pas trompée, il ne s'est pas servi de toi non plus ! Alors, oui, il est maladroit et sa façon de faire ne te convient pas, mais arrête d'exagérer quand même ! Là, il m'a offert une tenue et a fait de même pour Coll et, en plus, nous offre un repas dans le plus grand restaurant de Dallas, pour s'excuser d'hier soir. Alors, prends-le comme tu veux, mais il était mal et, s'il a frappé Coll, c'était simplement qu'il a cru que t'étais avec lui. Oui, c'est une crise de jalousie, mais... il t'aime, ça crève les yeux ! Alors, oui, tu as eu une enfance compliquée, des gens t'ont trahi, mais quand quelqu'un te tend la main, ne la refuse pas ! Sur ce, je te souhaite de passer une bonne journée, je m'en vais !

Vicky part en claquant la porte. Nina s'habille, prend un sac, met des affaires dedans et sort de l'appartement. Elle met les clés dans une enveloppe avec un mot et le glisse dans la boîte aux lettres. Nina prend un bus et se dirige vers l'aéroport. Elle achète un billet et attend.

Vicky rentre chez elle. Elle a oublié son téléphone, trouve l'appartement fermé à clé, mais plus surprenant, plus d'affaires de Nina. Elle va rejoindre Coll, mais avant relève son courrier. Elle y découvre l'enveloppe et le mot de Nina.

Vicky, tu as raison, je ne sais pas ce que c'est que d'avoir une main tendue. Je fais souffrir toutes les personnes autour de moi. J'aime James, mais je ne sais pas comment faire pour revenir vers lui. J'ai peur qu'il me trompe, qu'il me quitte, qu'il m'abandonne. Je sais qu'il m'a dit que ça n'arriverait jamais, mais j'ai si peur... J'espère qu'il me pardonnera pour tout et que toi aussi tu le feras. Je vous quitte... Nina.

Vicky arrête de lire. Elle a les larmes aux yeux. Elle appelle aussitôt Coll qui arrive en vitesse.

— Que peut-on faire ?

— Il faut aller voir monsieur Wingleton !

— Tu sais où il habite ?

— Oui, Nina me l'a dit, la première fois qu'elle y a été.

— En route !

Arrivés devant la porte de James, ils tambourinent à celle-ci. James ouvre et est très étonné de voir Vicky et Coll. Il leur demande ce qui se passe. Vicky lui donne la lettre. Il la lit, prend son manteau et fait signe au jeune couple de le suivre. Ils montent tous dans la voiture de James et ce dernier fonce à toute allure dans la ville. Il arrive à l'aéroport et fait signe au couple d'aller la chercher. Il leur donne un numéro de téléphone en leur expliquant que c'est un chauffeur de taxi qu'il connaît bien et qui les ramènera.

— Pourquoi vous ne nous attendez pas ?

— Pas maintenant ! Je ne peux pas...

Coll et Vicky s'élancent dans l'aéroport, ils trouvent Nina prête à embarquer.

— Nina !! Non, tu ne peux pas partir ! Reste, je t'en prie !

Nina sort de la file et regarde Vicky. Cette dernière pleure. Elle est soutenue par Coll. Nina s'approche d'eux.

— Comment avez-vous su où j'étais ?

— Ce n'est pas nous... c'est James.

— Il est là ?

Un éclat brille dans les yeux de Nina, mais Coll lui dit que non, il est reparti. Nina respire et se redirige pour prendre son avion.

— Il est venu à l'aéroport ! Il aurait pu te laisser tomber, mais non, il a encore accouru. Viens avec nous ! Je t'en prie...

Nina regarde l'hôtesse, lui fait signe que non et repart vers ses amis. Ils appellent le taxi et rentrent à l'appartement de Vicky. Sur le pas de la porte se trouve un petit nounours avec un cœur. Entre les pattes de ce dernier, il y a un mot dans une enveloppe. Vicky et Coll se regardent et sourient.

— Je dois emmener Vicky au restaurant, on revient après. Bonne soirée.

Nina entre, pose ses affaires et s'assoit pour lire le mot.

Nina, je peux comprendre tes craintes, tes peurs, car j'ai eu les mêmes quand je suis tombé amoureux de toi. Je venais de quitter une relation pas facile. J'étais amoureux d'une femme qui, en fait, s'est révélée être cupide et avide de la fortune de ma famille. Alors je me suis dit que ce serait pareil... mais j'ai appris à te connaître, à te découvrir. Certes, tu es plus jeune que moi, mais tellement plus mature que la plupart des jeunes filles de ton âge. Je suis tombé amoureux de ta gentillesse, de ta bravoure, de ton courage, de ton intelligence, de ta beauté. Tu es une femme extraordinaire. Oui, j'ai déconné. Quand j'ai su que tu avais été renvoyé trois jours, je me suis dit que je devais m'éloigner de toi, ne plus avoir de sentiments pour toi... mais je me suis trompé. Aucune femme ne peut te remplacer, tu es celle qui est faite pour moi. J'ai eu beau t'éviter, nos regards se croisent toujours, comme le soir de la cérémonie pour l'œuvre de charité, où tu étais la plus belle femme de la soirée et que je n'ai jamais vue. Oui, je suis fier de dire que je t'aime, que je t'adore. Ma mère m'a dit que tu ne devais pas être le genre de femme qu'on couvre de cadeaux, mais j'ai essayé... Apparemment, je me suis trompé. Si c'est ce que tu veux, je te laisserai tranquille, mais accepte ce dernier cadeau. C'est le premier que je voulais t'offrir. Je l'ai acheté le jour où on s'est embrassés pour la première fois... Je te laisse... Je ne t'embête plus, mais ne t'éloigne pas de tes amis, ils ont besoin de toi... Adieu... James.

Nina arrête de lire et tombe en larmes. Elle sert son nounours contre elle. Elle ne le lâche plus et s'endort avec.

Chapitre 11

Deux jours plus tard, Nina remarque la distance mise entre elle et James. Elle doit se rendre à l'évidence, il ne reviendra pas. Le lendemain, elle se rend à la mairie pour signer la vente du terrain et voir avec le constructeur pour les locaux. Elle supervise tout, on lui explique également qu'un dernier investisseur personnel s'est vu intéressé par le projet. On lui donne son numéro de téléphone, son mail et son prénom, Charles.

— Vous pouvez le joindre par mail ou SMS, mais sachez que c'est un des plus gros investisseurs. Monsieur Wingleton a investi 4 millions et ce fameux Charles a investi 3,5 millions. Votre projet va être somptueux.

Nina se rend sur le terrain et reçoit un SMS du fameux Charles, disant qu'ils peuvent échanger par SMS ou mail jour et nuit. Nina le remercie tout d'abord pour sa participation et lui dit qu'elle le tiendra informé de l'avancement des travaux. Il lui répond qu'il n'y a pas de souci et qu'il lui fait entièrement confiance. Nina passe la journée sur le terrain. Elle regarde tout et surtout le premier coup de pelle. Elle en est fière.

*

Un mois s'est écoulé, Nina voit son projet grandir. Toute la structure extérieure est montée, il y a quatre bâtiments en tout : un bâtiment pour les séjours à courte durée, un autre pour les séjours à longue durée, un autre pour les cours et l'administration et le dernier pour des formations. Nina a été épaulée par Charles. À distance, il l'a aiguillée, aidée, soutenue. Il a trouvé les mots pour la rassurer, lui a appris à avoir confiance en elle. Elle a continué ses cours et a obtenu son diplôme. Ces derniers sont finis depuis une semaine et, de ce fait, elle ne voit plus James. Elle a également déménagé près de la structure, à côté du nouvel appartement de Coll et Vicky. Elle fait la forte toute la journée, mais le soir, elle ne peut s'empêcher de serrer très fort son petit nounours dans ses bras. Elle le sait, elle a laissé passer la chance de sa vie. Dans son petit appartement, qu'elle a réussi à obtenir avec deux mois de loyer gracieusement offert par Charles, ce dernier lui disant que c'est pour qu'elle soit plus près des travaux, elle se prépare à manger en compagnie de Griffon, un cadeau de Charles, encore. Un petit chat, il a cinq mois. Charles le lui a offert pour qu'elle ait une présence le soir. Nina trouve que ce Charles s'initie beaucoup dans sa vie privée. D'ailleurs, son téléphone vibre et un SMS apparaît. C'est lui. Il lui demande de revoir des plans pour le lendemain et d'autres papiers. Ils échangent plusieurs SMS et Charles lui demande ce qu'elle est en train de faire. Nina lui écrit qu'elle se prépare à manger et qu'ensuite elle va se mettre sur son canapé pour regarder une série. Elle coupe court également à la conversation en lui souhaitant bonne nuit.

À deux kilomètres de chez elle, un homme assis dans un fauteuil, un verre à la main, reçoit un SMS, il le prend et le lit.

Je suis en train de me faire à manger et je vais regarder une série dans mon canapé. Bonne nuit, Charles. Nina.

L'homme prend le téléphone contre sa tête et boit son verre d'un coup. Il se lève, va dans la salle de bain et se regarde dans le miroir en se parlant à lui-même.

— Il ne faut jamais qu'elle apprenne que Charles et moi sommes la même personne... Je la perdrais pour toujours.

James sort de la salle de bain et se penche sur les plans des bâtiments de l'œuvre caritative de Nina. Son architecte personnel lui a fait parvenir ce soir les derniers détails. Il devait en informer Nina.

Nina se réveille en sursaut, elle a loupé le réveil. Elle s'habille et court sur le chantier. Elle découvre qu'il n'y a personne. Elle appelle le chef de chantier et ce dernier lui rappelle que c'est un jour férié et que personne ne travaille. Elle se tape la tête et part en ville s'acheter un café. Elle fait la queue et, une fois la boisson chaude en main, se dépêche de sortir, mais malheureusement heurte une personne de plein fouet et lui renverse le café dessus.

— Je suis vraiment maladroite, je suis désolée. Je vais vous chercher des serviettes et...

— Ce n'est pas grave, Nina.

Nina lève la tête et croise le regard de James. Son cœur manque un battement à ce moment-là.

— Bon... Bonjour, je suis désolée. Je vais... je vais...

— Tu ne vas rien faire. Je vais rentrer chez moi me changer tranquillement, ne t'en fais pas. Passe une bonne journée.

James fait demi-tour et Nina sort du café presque en courant et en pleurant. Elle rentre chez elle et s'écroule sur le canapé. Une heure plus tard, elle entend frapper à sa porte. Elle se lève du canapé, se recoiffe, s'arrange un peu et ouvre la porte, mais il n'y a personne. Par contre, parterre, il y a un petit sac avec un café dedans et un mot.

J'ai vu que tu étais partie sans rien, bonne journée, Nina.

Elle va en courant à la vitre et voit James monter dans sa voiture. Elle ouvre la fenêtre et lui dit merci. Il lève à peine la main et s'en va. Nina rentre dans son appartement et se dit que c'est le seul contact qu'elle peut avoir avec lui maintenant. Elle appelle Vicky pour lui raconter. Depuis que cette dernière s'est installée avec Coll, elles passent moins de soirées ensemble.

Un autre jour, Nina contacte Charles par téléphone, mais ce dernier ne répond pas. Plus tard, Nina s'aperçoit qu'elle ne lui a jamais parlé autrement que par SMS ou mail. Elle décide de lui donner rendez-vous sur le chantier, mais ce dernier prétexte un empêchement. Pendant deux-trois fois, il lui sort des excuses. Un soir, elle décide de le piéger. Elle lui dit qu'une fois qu'il aura fini, il faut qu'il passe sur le chantier vérifier plusieurs points, car elle ne s'y connaît pas tant que ça et veut qu'il vérifie par lui-même. Charles lui répond qu'il ira quand les ouvriers seront partis. Nina lui répond qu'elle ne sera pas là, qu'elle a une soirée de prévue. Le soir venu, Nina se cache et attend. Elle voit une grosse voiture noire se garer. Deux hommes en sortent et elle reçoit un SMS en même temps, c'est Charles. Il lui dit qu'il vient d'arriver sur le chantier et qu'il va voir les différentes choses qui la travaillent sur ce dernier. Elle voit les deux hommes s'approcher et manque de tomber à terre. Il y en a un qu'elle ne reconnaît pas, mais l'autre… c'est James ! Elle envoie tout de suite un SMS en lui prétextant une erreur dans un bâtiment. James attrape son portable, le lit et répond qu'il va voir. Elle voit James parler à l'homme. Ce dernier monte dans le bâtiment et dit à James de rester dehors. Il s'adosse à sa voiture et attend la réponse de son architecte. Il écrit de nouveau à Nina en lui disant qu'il regarde. Nina ne répond pas et sort de sa cachette, les yeux remplis de colère et de tristesse en même temps. Elle s'approche de la voiture et voit James de dos.

— Je ne sais pas ce que ton pote cherche, mais il ne trouvera rien... Comment as-tu pu me trahir autant ? Je comprends ma chance pour mon appartement... Je comprends beaucoup de choses maintenant... Tu m'as manipulée, James !

James se retourne et se retrouve face à une Nina furieuse. Il s'approche d'elle et tente de la raisonner, en lui expliquant qu'il voulait rester proche d'elle. Nina ne peut s'empêcher de lui mettre une gifle et de partir en courant et en pleurant. Elle entend les cris de James dans la nuit, mais elle continue à courir. Elle arrive à son appartement et s'enferme. C'est décidé, elle ne veut plus jamais le voir... C'est terminé.

*

Trois mois ont passé et les travaux sont terminés. C'est le jour de l'inauguration. Tous les investisseurs sont là et James aussi, mais Nina ne prête pas attention à lui. Elle ne l'a pas fait pendant trois mois, elle ne va pas le faire maintenant. Elle a pris un petit boulot dans un café et poursuit ses études à distance. Alors que l'inauguration bat son plein, une limousine fait son entrée sur le parking. Un grand silence règne et James sort des invités pour ouvrir la porte.

— Bonjour, mère.

— Bonjour, mon fils ! Je suis venu voir où notre famille a investi 4 millions... enfin 7,5 millions !

— Il y a de mon capital personnel, vous le savez.

La mère de James regarde partout autour d'elle, puis son regard se pose sur une jeune fille. Elle est vêtue d'une robe blanche en dentelle, des fleurs orne son chignon, son maquillage est très léger est naturel. C'est Nina. La mère se penche vers son fils.

— Je comprends mieux ! Bon, je vais voir tout ça de mes propres yeux.

— Mère... nous sommes en froid et c'est vraiment fini...

La mère pose sa main sur la joue de son fils et s'éloigne pour aller à la rencontre de Nina.

— Mademoiselle Fallen ? Je suis madame Wingleton.

— Ho, je suis vraiment honorée de vous rencontrer. Je voulais vraiment vous dire merci en personne pour votre investissement.

— C'est mon fils qu'il faut remercier, c'est lui qui a vu le potentiel de votre projet ! Pouvez-vous me faire visiter ?

Nina accepte et passe deux heures à faire visiter toutes les installations et même, en bonus, un centre médical qu'ils ont réussi à construire dans les temps. La mère de James la remercie et repart vers sa limousine. Au moment de partir, elle se tourne vers Nina.

— Une réception est organisée dans mon manoir ce week-end et j'aimerais que vous soyez des nôtres. Venez à partir de samedi matin. Ne vous inquiétez pas, vous serez là lundi.

— Je ne peux pas refuser votre invitation.

— Par contre, la seule condition, c'est qu'on ne doit rien dire à mon fils, James, car il ne sera pas là et je ne veux pas qu'il me demande pourquoi je ne l'invite pas. Bonne journée.

Nina se demande pourquoi, mais acquiesce. La mère de James s'en va et Nina finit de faire son inauguration telle une professionnelle. Le soir, elle rentre, épuisée, chez elle. Elle a à peine le temps de faire ses bagages pour le lendemain, qu'elle s'écroule sur le lit et s'endort aussitôt, mais son sommeil est de nouveau perturbé par des cauchemars.

Le lendemain, Nina se lève avec une petite énergie. Elle prend un café et entend la sonnette. Elle ouvre. Un homme habillé en chauffeur lui dit que c'est madame Wingleton qui l'envoie pour la chercher. Nina est gênée. Elle fonce s'habiller et la voilà partie pour le manoir. Une heure et demie après, la voiture arrive dans le parc. Nina ne peut s'empêcher de regarder partout autour d'elle avec une certaine admiration.

— C'est sublime !

C'est la mère de James en personne qui l'accueille.

— Mademoiselle Fallen !

— Appelez-moi Nina.

— Seulement si vous m'appelez Virginie ! Madame Wingleton fait trop guindé !

Nina rigole et accepte. Le chauffeur descend de la voiture et Virginie guide Nina à une chambre, puis les deux femmes descendent pour prendre le thé. Virginie pose beaucoup de questions et le moment que Nina redoute depuis le début arrive.

— Que s'est-il passé avec mon fils ? Pourquoi l'avez-vous quitté ?

— Il m'a menti, m'a suivie, m'a ignorée et puis... il m'agace. Je sais que, pour une mère, ce n'est pas agréable d'entendre ça de son fils, mais c'est comme ça !

Nina se lève et va se mettre devant une fenêtre.

— Vous l'aimez toujours ?

Nina attend un long moment et, d'une voix tremblante, répond non.

— Je ne vous crois pas !

Nina se retourne et se retrouve face à un homme qui ressemble énormément à James. Virginie fait les présentations.

— Nina, je vous présente David. C'est un des frères à James. David, je te présente Nina.

— La fameuse Nina ! Celle qui empêche mon frère de dormir et qui le rend fou, mais je peux le comprendre !

— David !

— Désolé, mère, mais il faut dire ce qui est, ce n'est pas une vilaine femme et vu sa façon de répondre et de parler de James, elle est encore accro à lui.

— N'importe quoi, je ne l'aime plus !

— Pouvez-vous le jurer ?

Nina ne dit rien, mais part en courant du salon. David, resté seul avec sa mère, se prend un savon par cette dernière. Virginie va dans la chambre de Nina et la trouve en train de pleurer sur son lit. Nina relève la tête et regarde Virginie.

— Je l'aime... je l'aime plus que tout... mais il est trop tard.

— Laissez-moi faire… Reposez-vous et faites-vous belle pour ce soir. Je vous ai fait parvenir des toilettes. Choisissez celle qui vous plaira !

— Merci... mais je ne serai pas de bonne compagnie, j'ai tout foutu en l'air.

— Reposez-vous, vous verrez !

Virginie laisse Nina. Cette dernière tombe de sommeil en serrant son ours en peluche. Le soir venu, une employée vient la réveiller. Nina prend une douche, puis choisit une magnifique robe de soirée rose pâle. Elle est accompagnée de sompteux bijoux, d'escarpins blancs et d'une couronne de fleurs. L'employé de maison l'aide à se coiffer.

Pendant ce temps, en bas, la fête bat de son plein. Pourtant, il y a un homme qui ne semble pas s'amuser pour autant. Virginie s'approche de lui.

— James ? Tu peux éviter de faire la tête ? Je donne cette fête en l'honneur de ton investissement !

— Je t'avais prévenue que je n'étais pas d'humeur à faire la fête. Tu aurais dû me laisser chez moi, j'étais vraiment mieux.

Virginie sourit et regarde les escaliers.

— Dans ce cas, je connais quelque chose qui pourrait te redonner le sourire !

— Rien, tu comprends, rien... Ho ! Mon dieu...

En haut des escaliers se trouve Nina. Elle est magnifique, on dirait une princesse de conte de fées. James respire un grand coup et commence à s'approcher des marches, lorsqu'il voit un autre homme faire pareil. L'homme est plus rapide et James abandonne. Il sort sur la terrasse. Nina dévale les marches et passe à côté de l'homme, qui ne comprend rien. Elle se rend sur la terrasse.

— James !

James se retourne et la regarde, les mains de Nina s'entortillent et elle n'ose pas le regarder dans les yeux. Il se rapproche d'elle.

— Oui ?

— Je... je...

— Écoute, je pense que nous avons assez souffert tous les deux. J'ai fait énormément de tentatives maladroites pour te prouver mon amour, mais rien n'y a fait, maintenant il faut qu'on arrête de se torturer... Au revoir, Nina.

James s'en va, mais Nina le rappelle et, une nouvelle fois, il se retourne en soupirant et voit les yeux de Nina pleins de larmes.

— James, je ne veux pas que tu partes. Tu n'es pas le seul fautif dans l'histoire. Je pense que nous avons été trop vite. J'ai eu peur de l'abandon, de la trahison, de la tromperie. J'ai eu peur de tout ça. J'ai également eu peur d'être enfermée dans une cage dorée et encore plus quand j'ai appris qui tu étais vraiment. Quand tu m'as couverte de cadeaux, j'ai cru que tu me voyais comme une femme qui avait besoin de ça. J'ai cru beaucoup de choses et finalement... il n'en était rien. À l'heure qu'il est, je suis perdue, car... car...

— Car ?

— Car je ne peux pas rester loin de toi... Tu me manques, je souffre. Je t'aime tellement...

Nina commence à vouloir partir, mais son bras est prisonnier de la main de James. Ce dernier plonge son regard dans le sien.

— Tu ne comptes pas me dire tout ça et fuir ? Nina, je t'aime plus que tout. Tu me permets d'être moi, de revivre, tu es ma bouffée d'oxygène. Jamais je ne te trahirai, jamais je ne t'abandonnerai. Oui, je t'ai menti, mais pour essayer de rester près de toi. Je t'aime comme un fou et je ne veux pas que tu partes !

James s'empare des lèvres de la jeune fille et le feu ardent de leur passion commune brûle de nouveau entre eux. Nina se sent renaître, elle s'agrippe à la nuque de James. Elle sent les mains de ce dernier serrer sa taille, un peu trop.

— James ? Ma taille... tu me serres un peu fort...

— Ho ! Désolé, ma puce !

La porte de la terrasse s'ouvre à la volée sur David. Ce dernier sourit en voyant le couple.

— Mère te cherche James. Je vois que ça va mieux, vous deux ! Nina, ne lui dis pas ce que je t'ai dit cet après-midi, il est très jaloux !

David disparaît à l'intérieur du salon. James regarde Nina avec un air interrogateur.

— Que t'a-t-il dit ?

— Rien d'important, on va voir ta mère.

— Nina ?

— Il a juste dit que je n'étais pas vilaine, c'est tout. Ne me fais pas une crise, c'est toi que j'aime plus que tout.

— Je t'aime aussi. Viens, on va voir ce que veut ma mère.

James et Nina rentrent et ils avancent vers Virginie.

— Mère ?

— Regarde qui est là !

James se tourne et voit Nick et Darren, ses deux autres frères. Les deux frères ne sont pas désagréables à regarder, l'un est très sérieux dans son costume trois-pièces et l'autre un peu plus relax, habillé un peu comme un aventurier. Virginie s'approche de ses quatre fils.

— Enfin tous au complet, sauf votre père, mais il arrive dans la soirée. Une affaire le retient en Angleterre.

Darren, l'homme sérieux, regarde ses frères.

— Tous réunis entre mecs ! Sans femme à part mère !

— Heu... sauf moi.

James tend la main à Nina et cette dernière s'avance. Il la prend par la taille.

— Voici Nina, la femme de ma vie.

— Nous avions un pacte !

— Un pacte ?

Nina regarde Darren avec un air étonné. Ce dernier lui explique que, depuis que les dernières femmes qu'ils ont fréquentées les avaient trahis, plus jamais ils ne resteraient avec une femme. Nina regarde Darren avec du défi.

— Comme quoi, il ne faut jamais dire « jamais » !

Darren rumine dans son coin, tandis que les autres frères discutent avec Nina. Cette dernière voit le frère aîné de James sortir sur la terrasse. Elle s'excuse auprès de James et ses frères, puis décide de le rejoindre.

— Vous ne m'aimez pas, n'est-ce pas ?

— Comment pourrais-je porter un tel jugement sur vous alors que je ne sais rien de vous !

— Vous savez, je n'ai pas l'intention de le faire souffrir. Je pense qu'il vous racontera les péripéties que nous avons traversées avant d'être ensemble complètement. Je ne lui veux aucun mal, je veux juste l'aimer !

Darren se retourne et la regarde avec un regard un peu plus doux.

— Oui ça se sent et s'entend. Je lui souhaite beaucoup de bonheur et à vous aussi.

Il commence à s'en aller, mais Nina l'arrête.

— Vous avez dû énormément souffrir ?

— Vous n'avez même pas idée...

— Je vous souhaite de trouver une femme à la hauteur de vos espérances, je suis sûre qu'elle existe...

— Je ne sais pas et je ne la cherche pas !

Darren entre dans le salon et la fête se poursuit jusqu'au bout de la nuit. Le lendemain, Nina se réveille dans un lit vide. Elle s'étire et se remémore la nuit d'amour qu'elle vient de vivre. James l'a conduite dans cette chambre et lui a fait l'amour avec une telle douceur et en même temps avec passion et fougue. Elle se passe un doigt sur ses lèvres en y repensant.

— Je ne peux pas te satisfaire tout de suite, mais ne t'inquiète pas. Garde-moi tout ça et je te ferai crier mon prénom de nouveau, comme hier soir !

Nina sursaute et voit James au bout du lit.

— Dommage...

— Je reviens ce soir, ma puce, profite du domaine.

— Tu vas où ?

— Des affaires familiales m'appellent. Je ne peux pas laisser tomber.

— Je comprends. J'ai quand même le droit à un baiser avant.

James s'approche du lit et prend ses lèvres avec douceur. Nina promène ses mains sur le corps de James et colle le sien contre lui.

— Nina ?

Nina répond un petit oui innocent et le regarde avec des yeux de biche.

— C'est pour te montrer ce que tu loupes.

James l'embrasse une dernière fois et quitte la chambre. Nina se lève et passe la journée à visiter le domaine, à parler à différentes personnes, à découvrir le monde des chevaux. La soirée arrive très vite et, n'ayant aucune nouvelle de James, elle s'inquiète. Lorsqu'elle remonte dans sa chambre, elle découvre un énorme paquet sur son lit avec des roses rouges. Nina écarte les roses et ouvre le paquet. Dedans, une magnifique robe rouge avec une parure de bijoux en diamant. Un seul mot accompagne le colis : *« enfile-moi »*. Nina a l'impression d'être plongée dans un conte de son enfance. Elle met la robe, les bijoux et les escarpins. Elle sort de la chambre et voit Virginie,

Franck, le père de James qui vient de rentrer, et David. Les trois lui montrent le jardin. Nina y va. Il y a une table en plein milieu et James à côté. Elle s'approche petit à petit et, une fois près de lui, il met un genou à terre.

— Je ne veux plus être loin de toi. Je veux passer chaque jour de ma vie avec toi. Je veux que tu deviennes la mère de mes enfants. Je sais que c'est toi et personne d'autre, alors... veux-tu m'épouser ?

À ce moment-là, James ouvre une boîte à bijoux. Dedans une bague magnifique avec un saphir. Le cœur de Nina manque un battement et elle a du mal à respirer. Une larme perle sur sa joue. James plonge son regard dans le sien.

— Je serai toujours à tes côtés, je te soutiendrai. Jamais je ne t'abandonnerai !

— James... Oui, oui, je veux devenir ta femme !

James se lève et la porte dans ses bras. Il l'embrasse et, de loin, on entend des applaudissements. Le couple se retourne et voit les parents et le frère de James applaudirent.

Épilogue

Le mariage a lieu un mois plus tard. Nina est vêtue d'une magnifique robe de princesse, des volants et des strass partout. Elle a choisi Vicky comme témoin et demoiselle d'honneur. Coll, quant à lui, s'est retrouvé témoin de James. À la sortie de l'église, les trois frères de James sont là et Nina leur sourit en s'approchant d'eux.

— Alors ? À qui le tour ?

Les frères rigolent en disant que jamais ils ne se laisseront passer la corde au cou. Nina sourit, puis décide subitement de lancer son bouquet en l'air. Une fois la stupéfaction passée, tout le monde voit Darren avec le bouquet. Nina s'approche de lui.

— Un signe ?

Elle sourit et rejoint son mari. Les deux s'embrassent en se promettant de ne jamais se quitter. Au loin, on voit Darren regarder le couple et regarder le bouquet de fleurs... mais, ça, c'est une autre histoire !

Vous avez aimé votre lecture ?
Découvrez les autres romans des éditions So Romance
disponibles en format papier et numérique.

Madame Connasse

Agathe, cousine de Corentin Connard, reprend les affaires de Separagence. Après une année en Espagne à se remettre d'une fausse couche dans l'alcool et l'allégresse, elle revient affronter ses vieux démons : un ex-fiancé trompé, une famille abandonnée sans un mot. Et... comme si tout cela n'était pas suffisant, il fallait aussi que cette chère Ella, alias Miss Parfaite, alias la fiancée de son frère, débarque dans sa vie pour mieux la chambouler... Madame Connasse sera-t-elle la digne héritière de Monsieur Connard ?

L'Amant de Pénélope
Tome 1 : Sous le ciel de Grèce

Partir en Grèce pour une semaine de vacances ? Le paradis pour une passionnée des vases antiques, telle que Pénélope. Y retrouver sa sœur fraîchement mariée avec un jeune milliardaire ? Encore mieux. Cependant, Pénélope s'attendait à tout sauf à ce baiser grisant, volé par un inconnu dans les recoins sombres d'une bibliothèque... pour ensuite se rendre compte que cet inconnu n'est autre que l'archéologue qui l'accompagnera durant son périple. Un baiser peut-il vraiment tout changer ?

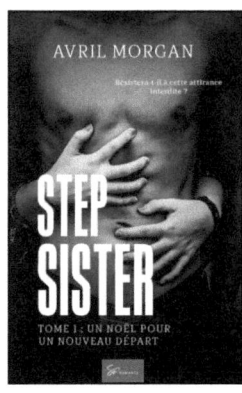

Step Sister
Tome 1 : Un Noël pour un nouveau départ

Gabriel avait tout pour être heureux : sa fiancée Amélie, un futur bébé, un travail prenant... Un bonheur ponctué de parts sombres : l'abandon de sa famille qu'Amélie ne peut pas supporter, la mort de sa mère et de sa soeur... Sans oublier cette impardonnable attirance qu'il a pour Amber, sa demi-soeur adoptée, et le lourd secret qu'ils portent à deux. Cependant, lorsqu'il reçoit une invitation de sa famille pour Noël, il ne peut la refuser. Arrivera-t-il à mettre un trait sur ce passé qui le ronge ? Saura-t-il résister à Amber ?

Calypso
Tome 1 : L'Île aux orchidées

Calypso, légendaire sirène, pensait avoir trouvé l'amour de sa vie en cet humain... Alejandro. Jamais elle n'aurait imaginé qu'il puisse la trahir. C'est pourtant ce qu'il a fait... En se vengeant, elle déchaîne sur elle la colère des Dieux.

Joséphine est fascinée par l'histoire de la sirène maudite et rencontre, au cours d'une croisière sur l'île de Calypso, Itzel qui semble lire en elle comme dans un livre ouvert. Deux femmes extrêmement différentes dont les destins semblent pourtant étroitement liés...

Pour en savoir plus
www.soromance.com

© Éditions So Romance, 2019 pour la présente édition

Lemaitre Publishing
159 avenue de la Couronne
1050, Bruxelles
www.soromance.com

D/2019/14.771/45
ISBN : 9782390450788

Maquette de couverture : Philippe Dieu
Photo : © Andrey Kiselev / Fotolia